이처럼 사소한 것들

이처럼 사소한 것들

Small Things Like These

클레어 키건 소설

홍한별 옮김

다산
책방

아일랜드의 모자 보호소와 막달레나 세탁소에서 고통받았던
여자들과 아이들에게 이 이야기를 바칩니다.

그리고 메리 매케이 선생님에게.

"아일랜드 공화국은 모든 아일랜드 남성과 여성으로부터 충성을 받을 권리가 있고 이에 이를 요구한다. 공화국은 모든 국민에게 종교적·시민적 자유, 평등한 권리와 평등한 기회를 보장하며, 국가 전체와 모든 부문의 행복과 번영을 추구하고 모든 아동을 똑같이 소중히 여기겠다는 결의를 천명한다."

「아일랜드 공화국 선언문」(1916)에서 발췌

차
례

1

10월에 나무가 누레졌다. 그때 시계를 한 시간 뒤로 돌렸고 11월의 바람이 길게 불어와 잎을 뜯어내 나무를 벌거 벗겼다. 뉴로스 타운 굴뚝에서 흘러나온 연기는 가라앉아 북슬한 끈처럼 길게 흘러가다가 부두를 따라 흩어졌고, 곧 흑맥주처럼 검은 배로^{Barrow}강이 빗물에 몸이 불었다.

사람들은 침울했지만 그럭저럭 날씨를 견뎠다. 상점 주 인, 기술자, 우편 업무를 보거나 실업 급여를 타려고 줄을 선 사람들, 우시장, 커피숍, 슈퍼마켓, 빙고 홀, 술집, 튀김

가게에 있는 사람들 모두 저마다 추위에 대해 또 비에 대해 한마디씩 하며 서로 이게 무슨 의미냐고―이 날씨가 어떤 조짐은 아니냐고―아니 또 이렇게 매운 날이 닥칠 줄 누가 알았겠냐고 물었다. 아이들은 후드를 뒤집어쓰고 학교로 갔고 엄마들은 고개를 숙이고 빨랫줄로 달려가는 데 이제 익숙해졌거나 아니면 아예 빨래를 내다 걸 생각조차 안 했고 해 지기 전에 셔츠 한 장이라도 말릴 수 있으리란 기대도 안 했다. 그러다가 밤이 왔고 다시 서리가 내렸고 한기가 칼날처럼 문 아래 틈으로 스며들어, 그럼에도 묵주기도를 올리려고 무릎 꿇은 이들의 무릎을 할퀴었다.

저 아래 야적장에서 석탄·목재상 빌 펄롱은 손을 문지르며 계속 이런 식이면 곧 트럭 타이어를 새로 갈아야 할 거라고 말했다.

"종일 매시간 나갔다 왔으니." 펄롱이 일꾼들에게 말했다. "이러다 타이어가 닳아서 휠만 남겠어."

정말 그랬다. 손님이 야적장에서 나가기가 무섭게 바로 다른 손님이 왔고 아니면 전화가 울려댔다. 다들 당장 아니면 최대한 빨리 배달해 달라고, 도무지 다음 주까지 기다릴 수는 없다고 했다.

펄롱은 석탄, 토탄, 무연탄, 분탄, 장작을 팔았다. 100웨이트,* 50웨이트, 1톤, 아니면 트럭 단위로 주문이 들어왔다. 조개탄, 불쏘시개, 가스통도 취급했다. 석탄을 다루는 일이 가장 더러움을 타는 작업이었는데 겨울에는 매달 부두에서 석탄을 실어 와야 했다. 일꾼들이 석탄을 실어 나르고 야적장에서 분류하고 무게를 달고 하는 데 꼬박 이틀이 걸렸다. 한편 시내에서는 영어는 한마디도 할 줄 모르는 폴란드와 러시아 선원들이 털모자를 쓰고 단추로 여미는 긴 코트를 입고 돌아다니며 사람들의 눈길을 끌었다.

이런 바쁜 시기에는 펄롱이 배달을 거의 도맡았고 일꾼들은 배달할 물건을 포장하고 농부들이 벌목해 온 나무를 자르고 쪼개는 일을 했다. 오전에는 톱과 삽 소리가 쉴 새 없이 울렸고 정오에 삼종기도 종**이 울리면 일꾼들은 연장을 내려놓고 손에서 검댕을 씻고 케호 식당으로 갔다. 케호 식당에는 따뜻한 식사와 수프가 있었고 금요일에는 피시

* 50.8킬로그램.
** 아침 6시, 정오, 저녁 6시에 울려 기도 시간을 알리는 종.

앤드 칩스가 나왔다.

"속이 빈 자루는 제대로 설 수가 없는 법이지." 미시즈 케호는 뷔페 카운터 뒤에 서서 이렇게 말하며 고기를 썰고 채소와 으깬 감자를 기다란 금속 숟가락으로 퍼서 담아 주었다.

남자들은 기분 좋게 몸을 녹이고 배를 채운 다음 담배를 한 대 태우고 다시 추위에 맞서러 나섰다.

데 집안에 불화가 거의 없었고 농장은 울타리도 잘 쳐져 있고 관리도 잘되고 빚진 돈도 없었기 때문에 이웃과 부딪칠 일도 없었다. 집안 사람들끼리 종교 때문에 충돌하는 일도 없었는데 양쪽 다 신앙심이 미적지근하기도 했다. 일요일이 되면 미시즈 윌슨은 옷과 구두를 바꿔 입고 좋은 모자를 머리에 핀으로 고정하고 네드가 운전하는 포드 자동차를 타고 교회에 갔고, 네드는 엄마와 아이를 태우고 조금 더 가서 성당으로 갔다. 집으로 돌아오면 양쪽 모두 기도서와 성경을 현관 탁자 위에 올려두고 다음 일요일이나 축일이 올 때까지 그대로 내버려두었다.

학교에서 펄롱은 비웃음과 놀림을 당했다. 외투 뒤쪽이 침 범벅이 되어 집에 돌아온 날도 있었지만, 그래도 큰 집에서 자란 덕에 애들이 조금 봐주는 것도 없지 않았다. 학교를 졸업하고 한두 해 기술학교에 다니다가 석탄 야적장에서 일하게 되었다. 지금 펄롱 밑에서 일하는 일꾼들과 크게 다르지 않은 일을 하다가 지금 자리로 올라갔다. 일머리가 있었고 사람들하고 잘 지낸다고 정평이 났고 건실한 개신교도 특유의 습관을 들여 믿음직했고 일찍 일어났고 술은 즐기지 않았다.

지금 펄롱은 아내 아일린과 딸 다섯과 함께 시내에 산다. 아일린하고는 아일린이 그레이브스 앤드 컴퍼니 사무실에서 일할 때 만났다. 으레 하는 것처럼 영화관에 데려가거나 저녁에 둑길을 따라 같이 한참 걸으면서 마음을 얻었다. 펄롱은 아일린의 반짝이는 검은 머리카락과 진한 회색 눈, 현실적이고 기민한 생각에 끌렸다. 두 사람이 약혼하자 미시즈 윌슨이 펄롱에게 자리 잡는 데 쓰라고 몇천 파운드를 주었다. 어떤 사람들은 미시즈 윌슨이 돈을 준 까닭이 사실은 펄롱의 아버지가 미시즈 윌슨의 자식이어서 그렇다고 했다. 이름도 영국 왕 이름처럼 윌리엄이 아닌가.*

하지만 펄롱은 자기 아버지가 누구인지 결국 듣지 못했다. 어머니가 갑자기 죽고 말았다. 어느 날 잼을 만들 돌능금을 담은 손수레를 밀고 집으로 가다가 돌길 위에 쓰러졌다. 뇌출혈이라고, 나중에 의사들이 그렇게 말했다. 그때 펄롱은 열두 살이었다. 몇 해 뒤에 펄롱이 출생증명서 사본을

* 아일랜드에서 윌리엄(빌)은 개신교도 이름이고 보통 가톨릭교도는 이름으로 잘 쓰지 않는다.

떼러 등기소에 갔는데 아버지 이름을 적는 난에는 '미상'이라고만 적혀 있었다. 창구에서 펄롱에게 증명서를 넘겨주는 등기소 직원의 입이 추한 웃음으로 일그러져 있었다.

이제 펄롱은 과거에 머물지 않기로 했다. 아일린처럼 머리가 검고 살결이 고운 딸들을 부양하는 데 집중했다. 딸들은 벌써 학교에서 장래성을 보였다. 첫째 캐슬린은 토요일마다 아빠와 같이 작은 조립식 건물 사무실로 출근해 장부 정리를 돕고 용돈을 받았다. 한 주 동안 들어온 것을 정리하고 수입 지출을 기록할 줄 알았다. 둘째 조앤도 똑똑하고 얼마 전에는 합창단에도 들어갔다. 둘 다 세인트마거릿 중학교에 다녔다.

가운데 아이 실라와 넷째 그레이스는 열한 달 터울인데 구구단을 외우고 세로셈으로 나눗셈을 할 수 있고 아일랜드의 주와 강 이름을 외웠고 가끔 부엌 식탁에서 지도를 그리고 마커로 색칠하기도 했다. 이 두 아이도 음악에 관심이 많아서 화요일마다 학교 끝나고 수녀원으로 가서 아코디언을 배웠다.

막내 로레타는 수줍음이 많긴 해도 학교에서 습자책에

금색과 은색 별을 받아 왔고 에니드 블라이튼 책을 읽고 있으며 통통한 파란 암탉이 얼어붙은 호수 위에서 스케이트를 타는 그림을 그려 텍사코 어린이 그림 대회에서 상을 받았다.

가끔 펄롱은 딸들이 사소하지만 필요한 일을 하는 걸 보며—성당에서 무릎 절을 하거나 상점에서 거스름을 받으며 고맙다고 말하는 걸 보면서—이 애들이 자기 자식이라는 사실에 마음속 깊은 곳에서 진한 기쁨을 느끼곤 했다.

"우린 참 운이 좋지?" 어느 날 밤 펄롱이 침대에 누워 아일린에게 말했다. "힘들게 사는 사람이 너무 많잖아."

"그렇지."

"우리라고 부자는 아니지만." 펄롱이 말했다. "그래도."

아일린의 손이 베드스프레드 위의 주름을 천천히 쓸었다. "무슨 일 있었어?"

펄롱이 대답하기까지 시간이 좀 걸렸다. "믹 시노트네 애가 오늘 또 땔감을 주우러 길에 나와 있더라고."

"그래서 차를 세웠어?"

"장대비가 내렸잖아. 차를 세우고 태워주겠다 하고 주머니에 있던 잔돈을 좀 줬어."

"어련하시겠어."

"한 백 파운드는 얻은 것처럼 좋아하더라."

"그 사람들 중에는 스스로 제 무덤 판 사람도 있는 거 알지?"

"애 잘못은 아니잖아."

"화요일 날 시노트가 술에 취해서 공중전화 부스에 있는 걸 봤어."

"불쌍한 사람. 뭐가 그렇게 괴로울까." 펄롱이 말했다.

"술 때문에 괴로운 거야. 눈곱만큼이라도 자기 애들 생각을 한다면 그러고 돌아다니진 않겠지. 딱 끊고 정신 차렸겠지."

"그러고 싶어도 못 그럴 수도 있어."

"그렇겠지." 아일린이 손을 뻗고 한숨을 쉬며 불을 껐다. "어디든 운 나쁜 사람은 있기 마련이니까."

가끔 펄롱은 이렇게 아일린 곁에 누워 이런 작은 일들을 생각했다. 어떤 때는, 종일 무거운 짐을 날랐거나 타이어가 펑크 나서 길에서 시간을 버렸거나 비를 만나 흠뻑 젖었거나 한 날에는, 집에 와서 밥을 먹고 일찍 잠자리에 들었다가 한밤중에 깨어 아일린이 곁에서 깊은 잠에 빠져 있는 걸 느끼며 누워 있다 보면 생각이 빙빙 맴돌며 마음을 어지럽혀 결국 아래층으로 내려가 주전자를 불에 올리고 차를 끓여야 했다. 펄롱은 찻잔을 손에 들고 창가에 서서 거리를 내려다보고 멀리 보이는 강을 바라보고 여기저기서 일어나는 일을 구경했다. 떠돌이 개가 쓰레기통을 뒤져 음식물을 찾고, 튀김 봉지와 빈 깡통이 비바람에 이리저리 날려 구르고, 느지막이 술집에서 나온 남자들이 비틀비틀 집으로 걸어갔다. 비틀거리며 노래를 흥얼거리기도 했다. 때로 날카로운 휘파람 소리와 웃음소리가 터질 때면 펄롱은 긴장했다. 펄롱은 자기 딸들이 자라 어른이 되어 남자들의 세계로 나가는 상상을 했다. 벌써 길에서 딸들한테 눈길을 주는 남자들이 있었다. 펄롱은 마음 한편이 공연히 긴장될 때가 많았다. 왜인지는 몰랐다.

모든 걸 다 잃는 일이 너무나 쉽게 일어난다는 걸 펄롱은 알았다. 멀리 가본 적은 없지만 그래도 여기저기 돌아다녔고 시내에서, 시 외곽에서 운 없는 사람을 많이 보았다. 실업수당을 받으려는 사람들 줄이 점점 길어지고 있었고 전기 요금을 내지 못해 창고보다도 추운 집에서 지내며 외투를 입고 자는 사람도 있었다. 여자들은 매달 첫째 금요일에 아동수당을 받으려고 장바구니를 들고 우체국에서 줄을 섰다. 시골로 가면 젖을 짜달라고 우는 젖소들이 있었다. 젖소를 돌보던 사람들이 갑자기 다 때려치우고 배를 타고 영국으로 떠나버린 탓이었다. 한번은 세인트멀린스에 사는 남자가 차를 얻어 타고 시내로 요금을 내러 왔는데, 그 사람 말이 지프를 팔아야 했다고, 빚을 생각하면, 은행에서 압류가 들어올 걸 생각하면 도무지 잠이 오지 않아서 어쩔 수 없었다고 했다. 어느 이른 아침 펄롱은 사제관 뒤쪽에서 어린 남자아이가 고양이 밥그릇에 담긴 우유를 마시는 걸 봤다.

펄롱은 배달 다닐 때 라디오를 잘 듣지 않는데 어쩌다 가끔은 라디오를 켜고 뉴스를 들었다. 1985년이었고 젊은 이들이 런던, 보스턴, 뉴욕 등으로 이민을 떠나고 있었다. 노크에 새 공항이 생겼다. 찰스 호히* 본인이 직접 와서 리본을 잘랐다. 수상이 대처 수상과 북아일랜드 관련 협정을

---

* Charles Haughey(1925-2006), 세 차례 아일랜드 수상을 역임한 보수 정치인으로 경제 개혁을 이끌었으나 부패와 추문으로 물러났다.

맺었고, 벨파스트의 연합주의자들은 더블린이 자기네 문제에 간섭하는 것에 항의하는 뜻에서 북을 치며 행진했다. 코크와 케리로 몰려오는 사람 수가 줄긴 했으나 여전히 성모상이 다시 움직이길 기대하며 성지를 찾는 사람이 있었다.

뉴로스에서는 조선소가 문을 닫았고 강 건너에 있는 큰 비료 공장 앨버트로스에서는 여러 차례 해고를 단행했다. 베넷에서는 열한 명을 해고했고 아일린이 근무했던 아주 오래된 회사 그레이브스 앤드 컴퍼니도 문을 닫았다. 경매업자는 경기가 꽁꽁 얼어붙었다며, 에스키모에게 얼음을 파는 편이 쉽겠다고 말했다. 석탄 야적장 근처에서 꽃집을 하는 미스 케니는 널빤지로 가게 창문을 덮어버렸다. 어느 날 저녁 펄롱의 일꾼 중 한 명에게 못질하는 동안 합판을 좀 잡아달라고 부탁했다.

혹독한 시기였지만 그럴수록 펄롱은 계속 버티고 조용히 엎드려 지내면서 사람들과 척지지 않고, 딸들이 잘 커서 이 도시에서 유일하게 괜찮은 여학교인 세인트마거릿 학교를 무사히 졸업하도록 뒷바라지하겠다는 결심을 굳혔다.

3

크리스마스가 다가오고 있었다. 벌써 멋진 노르웨이 가문비나무가 광장에 섰고 그 옆에는 말 구유와 색을 새로 칠한 예수 탄생 조각상이 있었다. 요셉의 빨간색과 보라색 옷이 너무 요란하지 않냐며 못마땅해하는 사람도 있었지만 언제나처럼 파란색과 흰색 옷을 입고 다소곳이 무릎을 꿇은 성모상에는 다들 만족스러워했다. 양 두 마리와 구유 옆을 지키는 갈색 당나귀도 예년과 다르지 않았다. 구유에는 크리스마스이브에 아기 예수가 놓일 예정이었다.

전통적으로 12월 첫 번째 일요일에 사람들은 해가 진 뒤 시청 앞에 모여 트리에 불을 밝히는 점등식을 구경하곤 했다. 오후 날씨는 건조했지만 쨍하게 추운 날이라 아일린은 딸들에게 파카 지퍼를 단단히 올리고 장갑을 끼라고 했다. 마을 광장에 가보니 백파이프 밴드와 캐럴 합창단이 벌써 모여 있고 미시즈 케호는 가판대를 차려놓고 진저브레드와 핫초콜릿을 팔았다. 집에서 먼저 나갔던 조앤이 합창단 단원들 사이에 껴서 캐럴 악보를 나눠 주고 있었고, 수녀들은 돌아다니며 학생들을 감독하는 한편 잘사는 부모들에게 인사를 했다.

그냥 서 있기에는 너무 추워서 펄롱 가족은 골목을 돌아다니다가 핸러핸 가게 앞 오목한 문가에서 잠시 추위를 피하기도 했다. 아일린은 거기에서 남색 에나멜 구두와 같은 색의 핸드백을 감탄하며 구경하고 이웃 사람이나 멀리 살아서 자주 보지 못하는 사람들과 이야기를 나누며 소식을 주고받았다.

이윽고 스피커에서 모두 모이라는 방송이 나왔다. 시의원이 크롬비 코트 위에 놋쇠 장식 목걸이를 걸고 메르세데스에서 내려 짧은 연설을 했고, 스위치를 올리자 불이 들어왔다. 마법처럼 색색의 전구가 반짝이는 긴 줄이 머리 위에서 바람에 경쾌하게 흔들렸고, 거리가 다른 곳으로 바뀐 것처럼, 마치 살아난 것처럼 느껴졌다. 사람들 사이에서 박수 소리가 산발적으로 터졌고 곧 악단이 연주를 시작했다. 그러나 길 저편에서 나타난 덩치 크고 뚱뚱한 산타를 보고 로레타는 뒤로 물러섰고 겁먹은 듯 울음을 터뜨렸다.

"무서울 것 없어." 펄롱이 달랬다. "그냥 아빠 같은 사람이야. 의상만 입은 거지."

다른 아이들은 작은 동굴 같은 곳에 자리 잡은 산타에게 선물을 받으려고 줄을 섰지만 로레타는 바싹 긴장한 채 펄롱의 손에 매달렸다.

"가기 싫으면 안 가도 돼, 아가." 펄롱이 말했다. "아빠랑 같이 있자."

말은 그렇게 했지만 펄롱은 다른 아이들이 그토록 반기는 것을 겁내는 자기 아이를 보니 마음이 아팠고 이 아이가 용감하게 세상에 맞서 살아갈 수 있을까 걱정하지 않을 수가 없었다.

*　*　*

그날 저녁 집에 돌아와 아일린이 벌써 크리스마스 케이크를 만들었어야 하는데 늦었다고 했다. 아일린은 명랑하게 오들럼 밀가루 회사의 레시피를 꺼내놓고 펄롱에게 버터 1파운드와 설탕을 갈색 델프트 볼에 넣고 핸드믹서로 크림을 만들라고 했고 딸들은 레몬 껍질을 갈고 설탕에 절인 과일 껍질과 체리를 계량해서 다지고 아몬드를 끓는 물에 담가 껍질을 벗겼다. 아이들이 말린 과일을 긁어모아 설타나, 커런트, 레이즌 등 다양한 종류의 건포도에서 꼭지를 제거하는 데 한 시간가량 걸렸고 그러는 동안 아일린은 밀가루와 향신료를 체로 치고 밴텀 달걀로 거품을 내고 케이크 틀에 기름을 바르고 밀가루를 뿌리고 케이크 틀을 갈색 종이로 두 겹으로 싸고 노끈으로 단단히 묶었다.

레이번 스토브 담당인 펄롱은 무연탄을 삽으로 조금씩 퍼서 흘리지 않고 깔끔하게 스토브에 넣었고 불이 밤새 꺼지지 않고 꾸준히 오래 타게끔 통풍구를 조절했다.

반죽이 준비되자 아일린은 나무 숟가락으로 반죽을 퍼

서 커다란 사각형 틀에 담고 위쪽을 평평하게 편 다음 몇 차례 탕탕 바닥에 내리쳐서 반죽이 구석까지 고르게 퍼지게 하며 살짝 웃었다. 하지만 팬을 오븐에 넣고 문을 닫자마자 부엌을 둘러보고는 딸들한테 얼른 치우라고, 그래야 자기가 다음 일을, 다림질을 시작할 수 있다고 했다.

"너희 지금 산타 할아버지한테 편지 쓰지 그러니?"

늘 이렇지, 필롱은 생각했다. 언제나 쉼 없이 자동으로 다음 단계로, 다음 해야 할 일로 넘어갔다. 멈춰서 생각하고 돌아볼 시간이 있다면, 삶이 어떨까, 필롱은 생각했다. 삶이 달라질까 아니면 그래도 마찬가지일까—아니면 그저 일상이 엉망진창 흐트러지고 말까? 버터와 설탕을 섞어 크림을 만들면서도 필롱의 생각은 크리스마스를 앞둔 일요일, 아내와 딸들과 함께 있는 지금 여기가 아니라 내일, 그리고 누구한테 받을 돈이 얼마인지, 주문받은 물건을 언제 어떻게 배달할지, 누구한테 무슨 일을 맡길지, 받을 돈을 어디에서 어떻게 받을지에 닿아 있었다. 내일이 저물 때도 생각이 비슷하게 흘러가면서 또다시 다음 날 일에 골몰하리란 걸 필롱은 알았다.

펄롱은 다리미 전기 코드를 풀어 콘센트에 꽂는 아일린, 그리고 연습장과 필통을 가지고 와서 식탁에 앉아 편지를 쓰는 딸들을 보았다. 펄롱은 자기가 어렸을 때 최대한 정성을 들여 크리스마스 선물로 아빠나 아니면 농장이 그려진 500피스짜리 지그소 퍼즐을 받고 싶다고 편지를 썼던 일을 씁쓸하게 떠올렸다. 크리스마스 날 아침, 미시즈 윌슨이 가끔 같이 쓸 수 있게 해주는 거실로 내려가 보니, 벌써 난롯불이 타고 있고 트리 아래 똑같은 녹색 종이로 싼 선물 꾸러미 세 개가 있었다. 한 꾸러미 안에는 손톱 솔과 비누 한 장이 있었다. 또 하나는 보온 물주머니였는데 네드가 주는 선물이었다. 미시즈 윌슨은 펄롱에게 『크리스마스 캐럴』을 선물했다. 딱딱한 붉은색 표지에 그림은 없고 곰팡 냄새가 나는 낡은 책이었다.

그때 펄롱은 실망한 기색을 감추려고 밖으로 나가 외양간으로 가서 울었다. 산타도 아버지도 오지 않았다. 지그소 퍼즐도 없었다. 펄롱은 학교에서 다른 아이들이 자기를 두고 어떤 말을 하는지, 뭐라고 부르는지를 생각했고 그런 취급을 받는 이유가 이거라고 생각했다. 고개를 들어보니 젖소가 자기 칸 안에 묶인 채 선반 위의 건초를 끌어 내려 만족스러운 듯 먹고 있었다. 집으로 다시 돌아가기 전에 펄롱은 말구유에 언 살얼음을 깨고 세수를 했다. 아픔을 잊기 위해 손을 차가운 물에 깊이 담그고 손에 아무 느낌이 없을 때까지 한참 그러고 있었다.

내 아버지는 어디에 있을까? 가끔 펄롱은 자기도 모르게 나이 많은 남자를 쳐다보면서 닮은 구석이 있는지 찾거나 사람들이 하는 말에서 힌트를 얻으려고 했다. 동네 사람 중에 분명 펄롱의 아비가 누구인지 아는 사람이 있을 것이었다. 아버지가 없는 사람은 없으니까. 또 사람들은 말을 하다 보면 반드시 본인이 어떤 사람인지, 뭘 아는지를 드러내기 마련이니, 누군가는 펄롱 앞에서 무언가 한마디라도 흘릴 것 같았다.

펄롱은 결혼하고 얼마 안 되었을 때 미시즈 윌슨에게 아버지가 누군지 아냐고 물어보겠다고 마음먹었다. 그렇지만 저녁에 미시즈 윌슨 집에 찾아갈 때마다 차마 용기가 나지 않았다. 미시즈 윌슨이 자기에게 해준 것을 생각하면 무례한 일일 것 같았다. 그로부터 1년이 채 안 되어 미시즈 윌슨이 뇌졸중으로 병원에 입원했다. 일요일에 병문안을 갔는데 미시즈 윌슨은 왼쪽 몸을 쓰지 못하고 말도 하지 못했으나 펄롱을 알아보고는 쓸 수 있는 한쪽 손을 들어 올렸다. 미시즈 윌슨은 어린아이처럼 침대에 기대어 앉아 창밖만 봤고 꽃무늬 잠옷 단추가 목까지 채워져 있었다. 비바람이 몰아치는 4월 오후였다. 훤하고 깨끗한 유리창 밖에서 벚나무가 일렁이고 바람에 뜯긴 흰 꽃잎이 눈보라처럼 흩날렸는데, 미시즈 윌슨이 평소에 꽉 닫힌 답답한 방을 싫어했기에 펄롱은 창문을 조금 열었다.

"아빠한테도 산타할아버지 왔었어?" 실라의 질문에 오싹했다.

가끔 까만 머리카락에 눈빛이 똘망똘망한 딸들이 작은 마녀처럼 보일 때가 있었다. 여자들이 힘과 욕구와 사회적 권력을 가진 남자들을 겁내는 건 그럴 만하지만, 사실 눈치와 직관이 발달한 여자들이 훨씬 깊이 있고 두려운 존재였다. 여자들은 어떤 일이 일어나기 전에 예측하고, 밤에 꿈으로 꾸고, 속마음을 읽었다. 펄롱은 결혼해서 같이 살던 중 아일린이 무섭다는 생각을 한 적도 있었고 아일린의 기개와 시퍼런 직감을 부러워한 적도 있었다.

"아빠?" 실라가 불렀다.

"산타할아버지 왔지, 당연히." 펄롱이 말했다. "한번은 농장이 그려진 지그소 퍼즐을 받았어."

"지그소 퍼즐? 그거뿐이었어?"

펄롱은 침을 꿀떡 삼켰다. "편지 얼른 마무리하렴, 아가."

그날 밤 아이들은 무슨 선물을 달라고 할지, 어떤 것은 공동으로 쓸 수 있을지를 두고 살짝 티격태격했다. 아일린이 어떤 것은 적당하고 어떤 것은 과한지 조언했고 펄롱은 맞춤법을 알려주었다.

이제 눈치를 챌 만한 나이가 된 그레이스가, 주소가 짧다는 것에 의문을 제기했다.

"'산타클로스, 북극.' 이렇게만 쓰면 된다고?"

"북극 사람들은 산타가 어디 사는지 다 알거든." 캐슬린이 대답했다.

펄롱이 캐슬린에게 눈을 찡긋했다.

"늦지 않게 도착할지 어떻게 알아?" 로레타는 12월 마지막 장이 걸려 있는 정육점 달력을 쳐다봤다. 달의 위상이

표시된 달력이 외풍에 살짝 들떴다.

"아빠가 내일 아침 일찍 부칠 거야." 아일린이 말했다. "산타 앞으로 된 편지는 전부 속달로 가거든."

아일린은 셔츠와 블라우스 다림질을 마치고 이제 베갯잇을 다리기 시작했다. 아일린은 언제나 힘든 일부터 먼저 처리했다.

"뉴스 보게 텔레비전 좀 켜봐." 아일린이 말했다. "호히가 슬금슬금 다시 나올 것 같은 예감이 들어."

드디어 다들 편지를 봉투에 넣고 풀칠이 되어 있는 자리를 혀로 핥아 봉하고 우체국에 가져가 부칠 수 있도록 벽난로 선반 위에 올려놓았다. 펄롱은 선반 위에 있는 아일린의 가족사진 액자를 보았다. 아일린의 어머니와 아버지를 비롯한 몇몇 식구들 사진, 그리고 아일린이 수집하길 좋아하는 작은 장신구들이 눈에 들어왔다. 펄롱에게는 조금 싸구려로 보였는데 더 고급스럽고 단순해 보이는 물건이 있는 집에서 자란 탓이었다. 그 집 물건들이 펄롱의 것은 아니었지만 전혀 상관없었다. 미시즈 윌슨이 그 물건들을 쓰라고 기꺼이 내주었기 때문이다.

다음 날이 학교 가는 날이었는데도 그날 밤에는 아이들이 꽤 늦게까지 깨어 있도록 내버려두었다. 실라는 리베나 농축액을 섞어 주스를 한 주전자 만들었고 필롱은 레이번 스토브 앞에 자리 잡고서 소다빵 조각을 긴 포크에 꽂아 구웠다. 굽고 나면 아이들이 버터를 바르고 마마이트나 레몬 커드를 얹었다. 필롱은 자기 빵을 까맣게 태워버리고는 잘 지켜보지 않고 불에 너무 가까이 갖다 댄 자기 탓이라며 그냥 먹었는데, 갑자기 무언가가 목구멍에서 울컥 치밀었다. 마치 이런 밤이 다시는 오지 않을 것 같은 느낌이 들었다.

이 일요일 밤에 대체 무엇 때문에 이렇게 심란한 걸까? 필롱은 어느새 또 미시즈 윌슨 집에서 지내던 때를 생각하고 있었다. 필롱은 생각할 시간이 너무 많아서, 색전구와 음악 등등 때문에 어쩐지 감상적인 기분이 되어서, 또 조앤이 합창단에서 노래할 때 합창단의 일원으로 완전히 어우러진 듯 보인다는 생각이 들었던 탓에, 또 레몬 냄새가 그 정든 옛 부엌에서 크리스마스 무렵의 어머니를 떠올리게 했기 때문일 거라고 결론을 내렸다. 어머니는 레몬 조각이 남으면 파란 주전자 중 하나에 넣고 설탕을 뿌려 밤새 재워 부연 색깔의 레모네이드를 만들곤 했다.

곧 펄롱은 정신을 다잡고는 한번 지나간 것은 돌아오지 않는다고 생각을 정리했다. 각자에게 나날과 기회가 주어지고 지나가면 돌이킬 수가 없는 거라고. 게다가 여기에서 이렇게 지나간 날들을 떠올릴 수 있다는 게, 비록 기분이 심란해지기는 해도 다행이 아닌가 싶었다. 날마다 되풀이되는 일과를 머릿속으로 돌려보고 실제로 닥칠지 아닐지 모르는 문제를 고민하느니보다는.

고개를 들어 보니 시간이 열한 시가 다 되어 있었다.

아일린도 펄롱이 시계를 보는 것을 알아차렸다. "잘 시간이 한참 지났다." 아일린이 다리미를 내려놓자 칙 하는 증기 소리가 났다. "올라가서 양치해. 이제 아침 될 때까지 찍 소리도 내지 말고."

펄롱은 일어나서 전기 주전자에 물을 채우고 보온 물주머니에 넣을 물을 끓였다. 물이 끓자 두 개를 먼저 채우고 고무주머니를 살짝 눌러 공기를 뺀 다음 마개를 단단히 잠갔다. 다시 물이 끓기를 기다리는 동안 펄롱은 네드가 오래

전 크리스마스에 선물해 주었던 보온 물주머니를 생각했다. 그 선물을 받고 실망하긴 했으나 그것 덕분에 밤마다 그 뒤로도 오랫동안 따스함을 느꼈다. 다음 크리스마스가 오기 전에 펄롱은 『크리스마스 캐럴』을 끝까지 읽었다. 미시즈 윌슨은 펄롱에게 큰 사전을 이용해서 모르는 단어를 찾아보라며, 누구나 어휘를 갖춰야 한다고 했다. 펄롱은 그 단어는 사전에서 찾을 수가 없었는데, 알고 보니 '어희'가 아니라 '어휘'였다. 이듬해 펄롱이 맞춤법 대회에서 1등을 하고 부상으로 밀어서 여는 뚜껑을 자로도 쓸 수 있는 나무 필통을 받았을 때, 미시즈 윌슨은 마치 자기 자식인 양 머리를 쓰다듬으며 칭찬해 주었다. "자랑스럽게 생각하렴." 미시즈 윌슨이 말했다. 그날 종일, 그 뒤로도 얼마간 펄롱은 키가 한 뼘은 자란 기분으로 자기가 다른 아이들과 다를 바 없이 소중한 존재라고 속으로 생각하며 돌아다녔다.

***

딸들이 자러 가고 마지막 다림질감까지 개서 치운 다음

아일린은 텔레비전을 끄고 찬장에서 셰리잔 두 개를 꺼내 트라이플* 만드는 데 쓰려고 산 브리스틀 크림 셰리를 따랐다. 아일린은 한숨을 쉬며 스토브 앞에 자리 잡고 앉아 신발을 벗고 머리를 풀었다.

"오늘 힘들었지." 펄롱이 말했다.

"괜찮아." 아일린이 말했다. "할 일은 했으니까. 왜 케이크를 미루고 있었나 모르겠네. 오늘 만난 여자들은 벌써 다 만들었던데."

"쉬엄쉬엄해야지. 그러다가 당신 자신한테 따라잡히겠어."

"그러는 당신은."

"나는 일요일에는 쉬잖아."

"쉰다고 하지만 정말 쉬는지는 의문이지."

아일린은 계단 입구 문을 흘긋 보고는 몸을 일으켰다. 애들이 잠이 들었는지 아닌지 느낌으로 아는 것 같았다.

"이제 다들 자나 봐." 아일린이 말했다. "저거 가져와 봐.

* 셰리주에 재운 스펀지케이크에 커스터드, 과일을 층층이 쌓아 올리고 크림을 올린 디저트.

편지에 뭐라고 썼는지 보자."

펄롱이 편지를 가져왔고 함께 봉투를 열어 내용을 읽어 보았다.

"그래도 애들이 별이랑 달이랑 달라고 하지 않는 게 기특하지 않아?" 아일린이 말하고는, 잠시 뒤 덧붙였다. "애들 잘 키운 것 같아."

"당신이 잘 키운 거지." 펄롱이 시인했다. "나야 종일 나가 있다가 집에 와서 밥 먹고 자러 가고 애들 일어나기도 전에 다시 나가니까."

"당신도 잘하고 있어, 빌. 빚 한 푼도 없이 사는 건 당신 덕이야." 아일린이 말했다.

"맞춤법도 제법 잘 맞고. 그런데 로레타는 '산타 할아바지께'라고 썼네?"

둘이 편지를 전부 읽어보고 무얼 사고 무얼 사지 말지 결정하는 데 시간이 꽤 걸렸다. 결국에는 사정이 허락하는 데까지 최대한 돈을 쓰기로 했다. 리바이스 텔레비전 광고를 눈여겨보던 캐슬린에게는 501을, 여름에 라이브 에이드 콘서트에서 눈을 떼지 못하더니 프레디 머큐리에게 푹 빠진 조앤에게는 퀸 앨범을 사주기로 했다. 실라가 쓴 편지가 가장 짧았다. 스크래블 보드게임을 받고 싶다고만 적었고 다른 대안은 제시하지 않았다. 그레이스는 뭘 받고 싶은지 마음을 못 정해 긴 목록을 적었는데 그중에서 지구의를 선물해 주기로 했다. 로레타는 원하는 게 확고했다. 산타 할아버지가 에니드 블라이튼의 『바다로 간 다섯 친구』나 『함께 달아난 다섯 친구』를 혹은 둘 다를 선물로 준다면 산타 몫으로 큼직한 케이크 조각을 내놓고 텔레비전 뒤에 한 조각을 더 숨겨놓겠다고 썼다.

"됐다." 아일린이 말했다. "또 일 하나 거의 끝냈네. 내일 아침에 애들이 학교에 있는 동안 버스 타고 워터퍼드에 가서 사와야겠다."

"태워줄까?"

"그럴 시간 없잖아. 내일 월요일인데."

"그렇겠지."

아일린은 레이번 스토브 문을 열고 잠깐 머뭇거리다가 편지를 불꽃 위에 던졌다.

"애들이 점점 크고 있어, 아일린."

"눈 몇 번 깜박할 사이에 결혼하고 떠나버릴걸."

"그런 거겠지."

"시간은 아무리 흘러도 느려지질 않으니."

아일린은 오븐의 온도계를 확인했다. 원하는 대로 아주 낮은 온도에 맞춰져 있는 걸 확인하고 온도계 레버를 살짝 조정했다.

"나한테는 크리스마스 선물 뭐 줄지 정했어?" 아일린의 말투가 밝아졌다.

"아, 걱정 마. 오늘 저녁때 핸러핸 가게 앞에서 당신 눈길이 어디로 가는지 보고 힌트를 얻었지."

"오, 자세히 보고 미리 생각하다니 훌륭하네." 아일린은 만족스러워 보였다. "당신은 뭐 받고 싶어?"

"필요한 게 별로 없는데." 펄롱이 말했다.

"새 바지 어때?"

"새 바지가 필요한지 잘 모르겠어." 펄롱이 말했다. "책도 괜찮아. 크리스마스 때 앉아서 좀 읽을 수 있겠지."

아일린은 술을 한 모금 마시고 펄롱을 흘긋 봤다. "어떤 책?"

"월터 매컨이나. 아니면 『데이비드 코퍼필드』. 그거 아직 못 읽어봤어."

"알았어."

"아니면 큰 사전. 집에 놓게. 애들 보라고."

집에 사전이 한 권 있으면 좋을 것 같았다.

"뭐 마음에 걸리는 거라도 있어, 빌?" 아일린이 손끝으로 잔 위쪽을 따라 동그라미를 그리며 물었다. "오늘 생각이 딴 데 가 있는 것 같아."

펄롱은 아일린의 직관이 또 작동하면서 날카로운 눈으로 자기를 꿰뚫어 보는 걸 느끼고 고개를 돌렸다.

"미시즈 윌슨 집에 살던 때 생각했어?"

"어, 그냥 기억나는 게 몇 가지 있어서."

"그런 것 같더라."

"당신은 옛날 일 생각 안 해? 아니면 걱정이나? 가끔 나도 당신 같았으면 좋겠단 생각이 들어."

"걱정을 안 한다고?" 아일린이 말했다. "나 어젯밤에는 캐슬린 이가 썩어서 펜치로 뽑는 꿈을 꿨어. 그러다가 거의 침대에서 떨어질 뻔했다고."

"어, 그런 꿈을 꿀 때가 있지."

"그런가 봐. 크리스마스가 다가오고 돈 들어갈 일은 많고 그러니까."

"잘 지내는 것 같아? 애들 말이야."

"무슨 얘기야?"

"모르겠어." 펄롱이 말했다. "오늘 저녁에 로레타가 산타한테 가지 않으려고 하길래."

"아직 어리잖아." 아일린이 말했다. "좀 기다려봐. 좀 있으면 자신감이 생길 거야."

"아무튼 우리는 괜찮지?"

"재정적으로 말이야? 올해는 괜찮지 않았어? 지금도 매주 신용조합에 적금 넣고 있어. 내년에는 대출을 받아서 겨울 되기 전에 앞쪽 창문을 새로 해야 해. 외풍 때문에 아주 지긋지긋해."

"내가 무슨 뜻으로 하는 말인지 나도 모르겠어." 펄롱이 한숨을 쉬었다. "그냥 오늘 밤 좀 피곤한가 봐. 신경 쓰지 마."

이게 다 무엇 때문일까? 펄롱은 생각했다. 일 그리고 끝

없는 걱정. 캄캄할 때 일어나서 작업장으로 출근해 날마다 하루 종일 배달하고 캄캄할 때 집에 돌아와서 식탁에 앉아 저녁을 먹고 잠이 들었다가 어둠 속에서 잠에서 깨어 똑같은 것을 또다시 마주하는 것. 아무것도 달라지지도 바뀌지도 새로워지지도 않는 걸까? 요즘 필롱은 뭐가 중요한 걸까, 아일린과 딸들 말고 또 뭐가 있을까 하는 생각을 종종 했다. 마흔을 바라보는 나이가 되었는데 어딘가로 가고 있는 것 같지도 뭔가 발전하는 것 같지도 않았고 때로 이 나날이 대체 무슨 의미가 있나 하는 생각을 지울 수가 없었다.

뜬금없이, 기술학교에서 나와 여름에 버섯 공장에서 일하던 때가 떠올랐다. 출근 첫날, 최선을 다해 부지런히 버섯을 땄음에도 손이 더뎌 다른 사람들 작업 속도를 따라가지 못했다. 마침내 라인 끝에 다다랐을 때는 땀이 흐르고 있었다. 잠시 멈춰 작업을 시작한 지점을 돌아보았는데, 거기에서 벌써 새끼버섯이 배양토를 뚫고 올라오는 걸 보고 똑같은 일이 날이면 날마다 여름 내내 반복되겠구나 하는 생각에 가슴이 쿵 내려앉았다.

아일린에게 이 이야기를 하고 싶은 강력하고 어리석은

욕구가 솟았지만, 아일린은 신이 나서 광장에서 들은 소식을 들려주고 있었다. 절대 결혼하지 않을 거라고들 했던 중년 장의사가 자기 나이 절반밖에 안 되는 웨이트리스한테 청혼했다고, 에니스코시의 머피 플러드 호텔에서 일하는 웨이트리스인데 시내로 데려와서 포리스털 귀금속상에 전시되어 있는 것 중에서 가장 싼 반지를 사주었다고. 이발사 아들은 전기기술자 수련이 아직 끝나기도 전인데 희소암 판정을 받았고 살날이 일 년도 안 남았다고. 앨버트로스에서 크리스마스 이후에 추가로 정리해고를 할 거라는 말이 있고, 또 사람들 말이 서커스가 여기로 올 거라고, 하고많은 때 중에 새해 초에 올 거 같다고 했다. 우체국장 부인이 세쌍둥이를 낳았는데 셋 다 아들이란 건 좀 지난 소식이고. 아일린은 또 윌슨네 사람들이 가축을 전부 팔아버려서 짐승이라곤 개 몇 마리밖에 안 남았고, 땅은 모조리 남에게 빌려주어 경작지가 되었으며, 네드가 기관지염에 걸렸다는 소식을 들었다.

더는 할 얘기가 없자 아일린은 손을 뻗어 《선데이 인디펜던트》를 집어 펼쳤다. 가끔 하는 생각이지만 이때도 펼롱은 자기가 아일린에게 좋은 대화 상대가 못 된다는 생각, 긴 밤을 짧게 만들어주는 재주가 없다는 생각을 했다. 아일린도 다른 사람하고 결혼했더라면 어땠을까 하는 상상을 할까? 펄롱은 벽난로 선반 위 시계가 똑딱거리는 소리와 굴뚝 안에서 으스스하게 울부짖는 바람 소리를 들으며 계속 앉아 있었는데, 기분이 울적하지는 않았다. 다시 비가 내리기 시작했고 창틀에 바람이 거세게 불어닥쳐 커튼이 들썩거렸다. 스토브 안에서 무연탄 더미가 무너지는 소리가 나서 펄롱은 무연탄을 조금 더 넣었다.

얼마 지나자 잠이 덮쳐왔으나 펄롱은 계속 의자에 앉아서 졸다가 다시 깨기를 반복했고, 시침이 세 시를 가리키고 크리스마스 케이크 깊숙이 찔러 넣은 대바늘에 반죽이 묻어나오지 않을 때까지 그러고 있었다.

"와, 건과일이 바닥에 안 가라앉았어." 아일린이 기쁜 듯 말하고는 케이크에 베이비 파워 위스키를 부어 세례를 주었다.

4

그해 12월은 까마귀의 달이었다. 그런 까마귀 떼는 처음이었다. 시 외곽에서 새카맣게 무리를 짓다가, 시내로 들어와서는 길 위에서 걸어 다니고 고개를 갸웃하고 어디든 마음에 드는 전망 좋은 자리에 뻔뻔하게 홰를 틀고 있다가 죽은 짐승에 달려들어 뜯어먹고 길에 뭐든 먹을 만해 보이는 게 있으면 장난스레 덮치고 밤이 되면 수녀원 주위에 있는 크고 오래된 나무에 자리를 잡았다.

강 건너 언덕 위에 있는 수녀원은 위풍당당한 건물이었

다. 활짝 열린 검은색 대문 안에서 길고 반짝이는 창문 여러 개가 마을 쪽을 향하고 있었다. 앞쪽 정원은 연중 관리가 잘되어 잔디는 바싹 깎여 있고 관상용 관목이 깔끔하게 줄지어 자라고 키 큰 산울타리는 사각형 모양으로 다듬어져 있었다. 가끔 야외에서 모닥불을 피우기도 했는데 그러면 기이한 녹색 연기가 솟아 바람 방향에 따라 강을 건너 시내를 가로지르거나 워터퍼드 쪽으로 흘러갔다. 날씨가 춥고 건조해지자 사람들은 수녀원이 자아내는 모습이 그림 같다고, 마치 크리스마스카드 같다고 말했다. 주목과 상록수에 서리가 곱게 내려앉은 데다가, 어째서인지 수녀원에 있는 호랑가시나무 열매는 새들이 하나도 건드리지 않았다고 늙은 정원사 스스로 그렇게 말했다.

수녀원을 맡아 관리하는 선한목자수녀회는 기초 교육을 제공하는 직업 여학교도 운영했다. 또 수녀원에서는 세탁소도 겸업했다. 직업학교에 대해서는 알려진 바가 거의 없었지만, 세탁소는 평판이 좋았다. 레스토랑, 게스트하우스, 요양원, 병원, 사제들, 부유한 집에서는 전부 세탁물을 거기로 보냈다. 사람들이 말하길 침대보 더미든 손수건 몇 장이든 거기로 보내면 새것처럼 깨끗해져서 돌아온다고 했다.

그곳에 관한 다른 이야기도 있었다. 어떤 사람은 직업학
교에 있는 여자들은 알려진 것처럼 학생이 아니라 타락한
여자들이어서 교화를 받는 중이라고, 새벽부터 한밤중까지
더러운 세탁물에서 얼룩을 씻어내면서 속죄하는 거라고
하기도 했다. 동네 간호사가 말하길, 호출을 받아 수녀원에
가서 열다섯 살 아이를 치료한 적이 있는데, 빨래통 앞에
서서 너무 오래 일한 탓에 정맥류가 생겼더라고 했다. 어떤
사람들은 뼈 빠지게 일하는 쪽은 수녀님들이라고, 그들이
아란 패턴 스웨터를 뜨고 구슬을 꿰어 묵주를 만들어 수출
한다고, 정말 마음 좋은 분들이지만 눈에 문제가 생겨 고생
이라고, 수녀님들은 말을 하지 못하고 기도만 할 수 있게
되어 있고 한나절 동안 빵과 버터 외에는 아무것도 안 먹
다가 일을 마친 다음에야 따뜻한 저녁 식사를 할 수 있다
고 했다. 다른 사람들은 그곳이 그냥 모자 보호소라고, 가
난한 집의 결혼 안 한 여자가 아기를 낳으면 가족이 미혼
모를 그곳에 보내 숨기고 사생아로 태어난 아기는 부유한
미국인에게 입양시키거나 오스트레일리아로 보내고 그렇

게 외국으로 보내는 과정에서 수녀들이 상당한 돈을 챙긴다고, 그게 수녀원에서 하는 사업이라고 말했다.

하지만 사람들은 별 이야기를 다 하고 그중 절반은 믿을 수 없는 이야기니까. 동네에는 할 일 없는 사람도 많고 온갖 뒷소문도 넘쳐났다.

필롱은 그런 말을 전혀 믿고 싶지 않았지만, 어느 날 저녁 약속한 시간보다 훨씬 이르게 수녀원에 배달을 갔는데, 현관에 아무도 없어서 박공벽 쪽에 있는 석탄 광을 지나 묵직한 문의 빗장을 열고 문을 밀었더니 열매가 주렁주렁 달린 예쁜 과수원이 나왔다. 빨간색과 노란색 사과며 배가 열려 있었다. 점박이 배를 한 개 슬쩍할까 하고 발을 내디뎠는데 풀밭에 발을 들여놓는 순간 사나운 거위 떼가 몰려왔다. 필롱이 물러서자 거위 떼는 발끝으로 서서 날개를 퍼덕이며 의기양양하게 목을 죽 뻗고는 필롱을 향해 씩씩거렸다.

필롱은 다시 나와 불이 켜진 작은 경당으로 갔는데 그 안에서 젊은 여자와 어린 여자아이들 여남은 명이 바닥에 엎드려서 구식 라벤더 광택제 통을 놓고 걸레로 둥근 모양을 그리며 죽어라고 바닥을 문지르고 있었다. 여자들은 펄롱을 보자 불에 데기라도 한 듯 놀랐다. 그저 카멜 수녀가 어디 있는지 물어보러 왔을 뿐인데? 그들 중에 신발을 신은 사람은 아무도 없었고 검은 양말에 끔찍한 회색 원피스를 입고 있었다. 한 아이는 눈에 흉측한 다래끼가 났고 또다른 아이는 머리카락이 누군가 눈먼 사람이 커다란 가위로 벤 것처럼 엉망으로 깎여 있었다.

그 아이가 펄롱에게 다가왔다.

"아저씨, 우리 좀 도와주시겠어요?"

펄롱은 자기도 모르게 한 걸음 뒤로 물러섰다.

"강까지만 데려가 주세요. 그거면 돼요."

정말 진지한 말투였고 더블린 억양이었다.

"강에?"

"아니면 대문 밖으로만이라도 나가게 해주세요."

"내 마음대로 할 수 있는 일이 아냐. 어디가 되었든 나는 데려갈 수 없어." 펄롱은 손을 들어 텅 빈 손바닥을 내보이며 말했다.

"그럼 아저씨 집으로 데려가 주세요. 일하다 죽을 때까지 일할게요."

"집에 딸 다섯하고 아내가 있는데."

"저한테는 아무도 없어요. 그냥 물에 빠져 죽고 싶어요. 우리한테 씨발 그것도 못 해줘요?"

갑자기, 아이는 바닥에 엎드려 윤을 내기 시작했다. 펄롱이 돌아보니 수녀가 고해소 쪽에 서 있었다.

"수녀님." 펄롱이 말했다.

"무슨 일이시죠?"

"카멜 수녀님을 찾고 있었습니다."

"세인트마거릿 학교에 가셨어요. 용건이 있으면 저한테 말씀하시죠."

"장작하고 석탄을 신고 왔습니다."

펄롱이 누군지 알아차리자 바로 수녀의 태도가 바뀌었다. "정원에 들어가서 거위들을 놀라게 한 게 당신인가요?"

펄롱은 이상하게 야단을 맞은 기분이 되어 여자아이의 일은 머리에서 지우고 수녀를 따라 앞마당으로 나갔다. 수녀는 명세표를 살펴보고 트럭에 실린 짐이 주문과 일치하는지 확인했다. 그런 다음 펄롱이 석탄과 장작을 석탄 광에 쌓는 사이 옆으로 다시 들어갔다가 나중에 현관문으로 나와서 값을 치렀다. 수녀가 지폐를 세는 동안 필롱은 수녀를 찬찬히 보았고 너무 오래 제멋대로 살아온 고집 센 조랑말을 떠올렸다. 여자아이에 관해 뭔가 묻고 싶었던 마음이 솟았다가 결국 사라졌고 필롱은 그냥 수녀가 달라는 대로 영수증을 써주고 나왔다.

필롱은 트럭에 올라타자마자 문을 닫고 달리기 시작했다. 한참 달리다가, 길을 잘못 들었으며 최고 속도로 엉뚱한 방향을 향해 가고 있었음을 깨닫고는 마음을 가라앉히고 천천히 가자고 스스로를 달랬다. 바닥에서 기어다니며 걸레질을 해서 마루에 윤을 내던 아이들, 그 아이들의 모습이 계속 생각났다. 또 수녀를 따라 경당에서 나올 때 과수원에서 현관으로 이어지는 문이 안쪽에서 자물쇠로 잠겨 있었다는 사실, 수녀원과 그 옆 세인트마거릿 학교 사이에 있는 높은 담벼락 꼭대기에 깨진 유리 조각이 죽 박혀 있다는 사실도 놀라웠다. 또 수녀가 석탄 대금을 치르러 잠깐 나오면서도 현관문을 열쇠로 잠그던 것도.

안개가 여기저기 기운 기다란 천 모양으로 내려앉았다.

구불구불한 도로에 차를 돌릴 만한 공간이 없어서 펄롱은 우회전을 해서 샛길로 들어갔다. 그 길로 가다가 또 우회전 했더니 길이 더 좁아졌다. 또 한 번 우회전을 해서 전에 지나간 적이 있는지 없는지 확실하지 않은 건초 창고를 지나다가 짧은 목끈을 질질 끌며 돌아다니는 숫염소 한 마리를 보았고 곧이어 조끼를 입은 노인이 길가에 죽은 엉겅퀴를 낫으로 쳐내는 모습이 보였다.

펄롱은 차를 세우고 노인에게 인사를 했다.

"이 길로 가면 어디가 나오는지 알려주실 수 있어요?"

"이 길?" 노인은 낫으로 땅을 짚고 손잡이에 기댄 채 펄롱을 빤히 보았다. "이 길로 어디든 자네가 원하는 데로 갈 수 있다네."

***

그날 밤 침대에 누웠을 때 펄롱은 수녀원에서 본 것을 아일린에게 이야기하지 않으려다가 어쩌다 말을 하게 됐는데, 아일린은 몸을 일으켜 꼿꼿하게 앉더니 그런 일은 우리와 아무 상관이 없다, 우리가 할 수 있는 일이 없다, 거기 있는 여자애들도 누구나 그렇듯 몸을 덥히려면 땔감이 필요하지 않겠냐고 했다. 그리고 수녀들은 줄 돈을 늘 제때 주지 않냐, 항상 외상을 달라고 하고 돈을 갚으라고 쪼기 전에는 절대 안 주고 늘 문제를 일으키는 사람들도 있지 않냐고 했다.

긴 연설이었다.

"뭐 아는 거 있어?" 펄롱이 물었다.

"아니 없어. 내가 한 얘기 말고는." 아일린이 대답했다. "어쨌든 간에, 그게 우리랑 무슨 상관이야? 우리 딸들은 건강하게 잘 크고 있잖아?"

"우리 딸들? 이 얘기가 우리 딸들하고 무슨 상관이야?" 펄롱이 물었다.

"아무 상관 없지. 우리한테 무슨 책임이 있어?"

"그게, 아무 상관 없다고 생각했는데, 당신 말을 듣다 보니 잘 모르겠네."

"이런 생각 해봤자 무슨 소용이야?" 아일린이 말했다. "생각할수록 울적해지기만 한다고." 아일린은 초조한 듯 잠

옷의 자개 단추를 만지작거렸다. "사람이 살아가려면 모른
척해야 하는 일도 있는 거야. 그래야 계속 살지."

"당신 말이 틀렸다는 게 아냐."

"틀리고 말고 할 문제가 아니라. 당신은 너무 속이 물러.
그래서 그래. 주머니에 잔돈이라도 생기면 다 나눠 주고—"

"오늘 뭣 때문에 화난 거야?"

"아무것도 아냐. 그냥 당신이 모르는 거 같아서. 당신은
딱히 어려움을 모르고 컸잖아."

"무슨 어려움 말야?"

"그게, 세상에는 사고를 치는 여자들이 있어. 당신도 그
건 잘 알겠지."

강한 타격은 아니었으나, 그때까지 아일린과 같이 살면
서 그런 말을 들어보기는 처음이었다. 뭔가 작지만 단단한
것이 목구멍에 맺혔고 애를 써보았지만 그걸 말로 꺼낼 수
도 삼킬 수도 없었다. 끝내 펄롱은 두 사람 사이에 생긴 것
을 그냥 넘기지도 말로 풀어내지도 못했다.

"당신한테 그렇게 말하면 안 되는 건데." 아일린이 한 걸
음 물러섰다. "그렇지만 우리가 가진 것 잘 지키고 사람들

하고 척지지 않고 부지런히 살면 우리 딸들이 그 애들이 겪는 일들을 겪을 일은 없어. 거기 있는 애들은 세상에 돌봐줄 사람이 한 명도 없어서 그런 거야. 그 애들 부모는 애들을 멋대로 풀어놨다가, 문제가 생기니까 모른 척 등을 돌려버렸겠지. 자식이 있는 사람이 그렇게 무심해서는 안 되는 건데."

"하지만 만약 우리 애가 그중 하나라면?" 펄롱이 말했다.

"내 말이 바로 그거야." 아일린이 다시 일어나 앉으며 말했다. "걔들은 우리 애들이 아니라고."

"미시즈 윌슨이 당신처럼 생각하지 않아서 정말 다행이란 생각 안 들어?" 펄롱이 아일린을 쳐다보았다. "그랬다면 우리 어머니는 어디로 갔을까? 나는 지금 어디에 있을까?"

"미시즈 윌슨이 우리처럼 생각하고 걱정할 게 많았겠어?" 아일린이 말했다. "그 큰 집에서 연금 받으면서 편히 지내는 데다가 농장도 있고 일은 당신 어머니하고 네드가 다 해줬는데. 세상에서 자기 하고 싶은 대로 할 수 있는 몇 안 되는 사람 중 한 명 아니었냐고."

5

크리스마스 주에는 눈 예보가 있었다. 석탄 야적장이 열흘 남짓 문을 닫으리란 걸 알고 사람들이 다급해져서 막판에 전화를 걸어 주문을 넣었고 전화가 연결되면 계속 연결이 안 되더라며 불평했다. 게다가 올해 마지막 화물이 늦게 들어와서 그것도 부두에 가서 실어 와야 했다. 캐슬린이 학교에 가지 않는 날이라 필롱은 캐슬린에게 사무실을 맡기고 시외로 배달을 나가 밀린 대금을 최대한 받아냈다. 점심때 돌아와 보니 캐슬린이 다음에 배달할 꾸러미를 준비해

놓고 명세표도 챙겨놓아 펄롱이 다시 배달을 나가기 전에 잠깐 요기를 하면서도 시간을 지체하지 않을 수 있었다.

토요일에 펄롱이 오전 배달을 돌고 왔을 때 캐슬린은 신물이 난 듯 보였지만 그래도 배달은 이제 몇 건밖에 안 남아 있었다. 캐슬린이 명세표를 건네며 수녀원에서 대량 주문이 들어왔다고 말했다.

"나는 지금 나가니까 아저씨들한테 이거 저녁 전에 준비해 놓으라고 해." 펄롱이 말했다. "내일 아침에 내가 배달할 거라고."

"아빠, 내일은 일요일이야."

"어쩌겠어? 월요일은 꽉 차다 못해 넘치고, 크리스마스 이브에는 반일만 일하는데."

펄롱은 점심을 챙겨 먹는 대신 머그로 차 한 잔을 마시며 비스킷 몇 개를 넘겼다. 빨리 다시 나가야 해서 마음이 급했지만 잠시 가스난로 앞에 서서 몸을 녹였다. 트럭 히터 상태가 좋지 않아서 다리와 발이 꽁꽁 얼어 있었다.

"여긴 안 춥니, 캐슬린?"

캐슬린은 청구서를 분류하고 있었는데 내려놓을 공간이

없어 난감한 듯 보였다.

"난 괜찮아, 아빠."

"문제없어?"

"없어." 캐슬린이 말했다.

"여기 아저씨들이 나 없는 동안 너한테 함부로 하지 않았지?"

"응."

"만약 그러면 아빠한테 꼭 말해."

"그런 일 없어. 정말로."

"맹세할 수 있어?"

"맹세해."

"근데 왜 그래?"

캐슬린은 몸을 돌렸고 손에 종이를 쥔 채로 뻣뻣하게 섰다.

"무슨 일 있어?"

캐슬린은 수녀원 주문서 사본을 대못에 꽂아 넣었다.

"난 그냥 친구들하고 가게 문 닫기 전에 쇼핑하러 가서 크리스마스 장식도 보고 청바지도 입어보고 싶은데, 엄마가 아까 전화해서는 자기랑 치과에 가야 한대."

***

다음 날 아침 펄롱이 일어나서 커튼을 걷었을 때 하늘이 이상하게 가까워 보였고 흐릿한 별 몇 개가 떠 있었다. 거리에서 개 한 마리가 깡통을 핥으며 코로 밀었고 얼어붙은 보도 위로 구르는 깡통이 시끄러운 소리를 냈다. 벌써 까마귀들이 나와 줄줄이 앉아서 쉰 목소리로 짧게 악악거리거나 길고 유려하게 까아아아 울며 세상이 못마땅하다는 티를 냈다. 한 마리는 피자 상자를 뜯고 있었다. 종이 상자를 한 발로 누르고 미심쩍은 듯 쪼아대더니 피자 테두리를 부리로 물고 날개를 퍼덕여 후다닥 날아갔다. 어떤 녀석들은 말쑥하게 보였다. 날개를 접고 성큼성큼 돌아다니면서 땅바닥과 주위를 살피는 모습이 뒷짐을 지고 시내를 돌아다니길 좋아하는 젊은 보좌신부와 닮아 보였다.

아일린은 깊이 잠들어 있었다. 펄롱은 잠시 아일린을 보고 갈망을 느끼며 드러난 어깨, 잠에 취해 벌어진 손, 베개 위에 흩어진 검댕처럼 짙은 머리카락에 시선을 주었다. 그대로 머물러 있고 싶고 손을 뻗어 아일린을 만지고 싶은 생각이 간절했지만, 펄롱은 의자에 걸쳐놓은 셔츠와 바지를 집어 어둠 속에서 옷을 입었고 아일린은 깨지 않았다.

아래층으로 내려가기 전에 펄롱은 어제 이를 뽑은 캐슬린이 잘 자는지 확인하러 갔다. 캐슬린 옆에서 조앤이 살짝 뒤척이더니 한숨을 폭 내쉬었다. 안쪽 침대에, 로레타가 깨어 있었다. 어둠 속에서 로레타가 눈을 또록또록 뜨고 있는 걸 펄롱은 보았다기보다 느꼈다.

"괜찮니, 아가?" 펄롱이 속삭였다.

"응, 아빠."

"난 지금 나가야 해. 오래 안 걸릴 거야."

"꼭 가야 해?"

"반 시간이면 돌아올 거야. 더 자."

부엌으로 간 펄롱은 물을 끓여 차를 만들지는 않고 빵 한 조각에 버터만 발라서 그냥 들고 먹은 다음 야적장으로 나갔다.

길이 얼어서 미끄러웠고 일요일 아침 이른 시간이라 보도 위에서 발걸음 소리가 유난히 크게 울렸다. 야적장 정문에 도착했는데 자물쇠가 성에로 덮여 꿈쩍 않는 걸 보고는 삶이 고달프다는 생각이 들었고 지금 침대 속에 있으면 얼마나 좋을까 싶었다. 그러나 펄롱은 꾸역꾸역 몸을 움직여 길 건너 불 켜진 이웃집으로 갔다.

문을 살짝 두드리자, 그 집 주인 여자 대신 긴 원피스 잠옷을 입고 숄을 걸친 젊어 보이는 여자가 문을 열어주었다. 머리카락은 갈색도 붉은색도 아니고 계피색 비슷했는데 거의 허리까지 내려왔고 발은 맨발이었다. 여자 뒤쪽 가스레인지에서 주전자와 냄비 아래 불이 동그랗게 타고 있었고 낯익은 어린아이 셋이 식탁에 색칠공부 책과 건포도 한 봉지를 놓고 둘러앉아 있었다. 방에서 뭔가 익숙하면서도 좋은 냄새가 났는데 무슨 냄새인지 딱 짚을 수가 없었다.

"아침부터 죄송합니다." 펄롱이 말했다. "저 길 건너 야적장에서 왔는데 자물쇠가 꽁꽁 얼어붙어 들어갈 수가 없네요."

"괜찮아요." 여자가 말했다. "주전자가 필요하신 거죠?"

말투가 서쪽 지방 출신 같았다.

"네." 펄롱이 말했다. "괜찮으시다면요."

여자가 머리카락을 어깨 너머로 넘기는데, 의도치 않게

면직 잠옷 아래 가슴 윤곽이 펄롱의 눈에 들어왔다.

"물 올려놨어요. 여기." 여자가 주전자를 잡으며 말했다. "이거 가져가세요."

"차 마시려면 필요하실 텐데요."

"가져가요." 여자가 말했다. "남자가 물을 달라고 할 때 거절하면 불운이 온다는 말이 있잖아요."

펄롱이 자물쇠를 녹여 연 다음 다시 그 집으로 가서 문을 두드리며 낮은 목소리로 불렀더니 여자가 들어오라고 소리쳤다. 문을 밀고 들어갔더니 식탁 위에 양초가 켜 있고 여자는 아이들이 먹을 위타빅스 시리얼에 따뜻한 우유를 부어주고 있었다.

펄롱은 소박한 방의 평화로운 분위기에 젖은 채 잠시 서서 머릿속 한편이 여기 이 집에서 저 사람을 아내로 삼아 사는 삶은 어떨까 하는 상상으로 흘러가도록 두었다. 최근에 펄롱은 가끔 다른 삶, 다른 곳을 상상했고 혹시 그런 기질이 자기 핏속에 있는 건 아닌가 하는 생각을 했다. 자기 아버지도, 갑자기 불쑥 영국행 배를 타고 떠나버린 건 아니었을까? 삶에서 그토록 많은 부분이 운에 따라 결정된다는 게 그럴 만하면서도 동시에 심히 부당하게 느껴졌다.

"열었어요?" 여자가 주전자를 받아 들며 물었다.

"네." 주전자를 주고받다 펄롱의 손에 닿은 여자의 손이 차가웠다. "감사합니다."

"차 한잔 하시겠어요?"

"정말 그러고 싶은데 가봐야 합니다."

"몇 분이면 금세 다시 끓을 텐데."

"이미 늦어서요. 아무튼 우리 일꾼한테 여기 땔감 한 자루 갖다드리라고 할게요."

"아, 안 그러셔도 돼요."

"크리스마스 잘 보내세요." 펄롱이 말하며 몸을 돌렸다.

"잘 보내세요." 뒤쪽에서 여자가 소리 높여 말했다.

***

펄롱은 정문을 활짝 열고 벽돌로 고정하자마자 바로 정신을 다잡고 다음 할 일을 생각했다. 트럭 시동이 안 걸릴까 봐 걱정했는데 키를 돌리자 엔진이 가동됐고 참고 있었는지도 몰랐던 숨이 후 하고 나왔다. 펄롱은 시동을 켜놓았다. 실어놓은 짐이 주문과 일치하는지 전날 저녁에 확인해놓고도 재차 확인했다. 야적장도 어제 문 닫기 전에 분명다 점검했을 텐데도 둘러보며 바닥이 깨끗한지, 밤새 저울에 남겨둔 건 없는지 살폈다. 사무실 안에서 할 일은 없었지만 문을 열고 전등을 켜고 둘러보았다. 서류 더미, 전화번호부, 서류철, 배달 명세표, 대못에 꽂혀 있는 청구서 사본. 펄롱이 길 건너 집에 땔감 한 자루 갖다주라는 메모를 적는데 전화가 울렸다. 펄롱은 전화가 끊길 때까지 서서 지켜보다가, 끊긴 다음에 1~2분 정도 다시 울리지 않는지 기다렸다. 메모를 다 쓴 다음 밖으로 나와 문을 잠갔다.

차가 수녀원에 가까워지면서 창문으로 비치는 트럭 헤드라이트 불빛 때문에 펄롱은 마치 자기 자신을 만나러 가는 듯한 기분이었다. 최대한 조용히 현관문 앞을 지난 다음 후진으로 건물 옆을 따라 석탄 광까지 가서 시동을 껐다. 펄롱은 졸린 상태로 차에서 내려 멀리 주목과 산울타리, 성모상이 있는 작은 동굴을 보았다. 성모는 발치에 놓인 조화造花가 실망스럽다는 듯 눈을 내리깔고 있었다. 높은 창에서 홀러나온 빛이 닿은 자리에는 서리가 반짝였다.

이 위는 이렇게 고요한데 왜 평화로운 느낌이 들지 않는 걸까? 아직 동이 트기 전이었고 펄롱은 검게 반짝이는 강을 내려다보았다. 강 표면에 불 켜진 마을이 똑같은 모습으로 반사되었다. 거리를 두고 멀리서 보면 훨씬 좋아 보이는 게 참 많았다. 펄롱은 마을의 모습과 물에 비친 그림자 중에 어느 쪽이 더 마음에 드는지 마음을 정할 수가 없었다. 어딘가에서 「아데스테 피델레스」를 부르는 노랫소리가 들렸다. 옆 건물인 세인트마거릿 학교 기숙사에서 지내는 학생들일 것 같았다. 하지만 다들 집에 가지 않았으려나? 내일모레가 크리스마스이브였다. 그 직업학교 학생들인 모양이었다. 아니면 수녀들이 아침 미사 전에 연습하는 건가? 펄롱은 잠시 서서 노래를 들으며 마을을 내려다보았다. 굴뚝에서 연기가 솟았고 하늘에서는 작은 별이 점점 가물가물해지고 있었다. 그렇게 서 있는 동안 가장 밝은 별이 순간 칠판 위 분필 선 같은 자취를 남기며 떨어져 사라졌다. 또 다른 별은 다 타버린 것처럼 서서히 희미해졌다.

펄롱이 트럭 뒤쪽 판을 내리고 석탄 광 문을 열러 갔더니 빗장에 성에가 단단히 끼어 있었다. 자기는 마냥 문간에서 기다려야 하는 신세인 건가 하는 생각을 하지 않을 수 없었다. 살면서 그 많은 시간을 이집 저집 문 앞에 서서 문이 열리기를 기다리며 보냈으니. 억지로 빗장을 당겨 연 순간 안에서 무슨 소리가 들렸지만 몸을 누일 변변한 자리가 없는 개가 석탄 광에 숨어들 때가 많았기 때문에 놀라지는 않았다. 안이 잘 보이지 않아서 펄롱은 트럭으로 가서 손전등을 가져왔다. 창고 안을 손전등으로 비추었는데, 바닥에 있는 것을 보고 펄롱은 그 안에서 여자아이가 하룻밤 이상 거기 머물렀음을 알았다.

"세상에." 펄롱이 말했다.

펄롱이 생각해 낼 수 있는 일은 외투를 벗어주는 것뿐이었다. 외투를 벗어 아이에게 덮어주려고 다가갔더니 아이가 몸을 움츠렸다.

"다치게 하려는 거 아냐." 펄롱이 달랬다. "석탄 배달하러 왔어, 아가."

눈치 없게도 펄롱은 아이가 만들어놓은 배설물에 다시 불빛을 비췄다.

"딱해라." 필롱이 말했다. "얼른 나가자."

겨우 여자아이를 데리고 나왔는데 아이가 제대로 서 있지도 못하는 데다가 머리가 엉망으로 깎여 있는 걸 보고는, 필롱의 평범한 내면 한편에 여기 오지 않았더라면 좋았겠다는 생각이 들었다.

"괜찮아. 나한테 기대." 필롱이 말했다.

아이는 필롱이 가까이 오는 걸 꺼리는 것 같았으나 어찌어찌 아이를 데리고 트럭까지 왔다. 아이는 따뜻한 자동차 보닛에 기대어 불 켜진 마을과 강을 내려다보고 다음에는 필롱이 그랬던 것처럼 멀리 하늘을 쳐다보았다.

"이제 밖에 나왔네요." 한참 후에 아이가 겨우 입을 열었다.

"그래."

필롱은 아이 어깨에 걸친 외투를 조금 더 당겨 여며주었다. 이제 아이는 손길을 겁내지 않는 것 같았다.

"지금 밤이에요, 낮이에요?"

"새벽이야." 필롱이 말했다. "곧 밝아질 거야."

"저건 배로강이에요?"

"응." 필롱이 말했다. "연어도 있고 급류도 흐르는 곳이지."

한순간 필롱은 이 애가 거위가 덤볐던 날 경당에서 봤던 그 아이인가 하는 생각을 했다. 그런데 다른 아이였다. 손전등을 아이 발에 비췄더니 석탄이 새카맣게 낀 긴 발톱이 눈에 들어와서 얼른 불을 껐다.

"어쩌다 저기 있게 된 거야?"

아이는 아무 대답도 하지 않았지만 필롱은 아이가 어떤 기분인지 조금 느낄 수 있었고 뭔가 마음을 달래줄 만한 말을 찾으려고 머릿속을 뒤졌지만 아무것도 잡히지 않았다. 잠시 시간이 흘렀고 얼어붙은 잎사귀 몇 장이 자갈밭 위로 굴러간 다음 필롱은 마음을 다잡고 아이를 현관문으로 데리고 갔다. 마음 한구석에서는 내가 지금 뭐 하고 있나 하는 의문이 들었지만 필롱은 늘 그러듯 그냥 꾸역꾸역 할 일을 했다. 하지만 자기도 모르게 긴장한 상태로 초인종을 눌렀고 안에서 소리가 울리는 걸 듣고는 움찔했다.

곧 문이 열리고 젊은 수녀가 밖을 내다봤다.

"아!" 수녀는 소리를 지르더니 바로 문을 닫아버렸다.

옆에 서 있는 아이는 아무 말 없이 눈빛으로 구멍이라도 뚫으려는 듯 문을 빤히 보고 있었다.

"여기서 대체 무슨 일이 벌어지고 있는 거야?" 필롱이 말했다.

아이가 이번에도 아무 대답도 하지 않자 필롱은 또 할 말을 생각해 내려고 애썼다.

두 사람은 꽤 오래 추운 현관 계단 위에서 기다렸다. 필롱은 이제 아이를 데리고 갈 수도 있다는 걸 알았다. 사제관으로 데려가거나 아니면 집으로 데려갈까 고민했지만, 아이는 너무나 작고 말이 없었고 또다시 필롱의 평범한 마음 한편에서는 그냥 모른 척하고 집으로 가버리고 싶은 생각이 들었다.

필롱은 다시 손을 뻗어 초인종을 눌렀다.

"내 아기 어떤지 물어봐 주시겠어요?"

"뭐라고?"

"배고플 텐데. 누가 젖을 주죠?"

"아기가 있어?"

"14주 됐어요. 아기를 데려가버렸는데 만약 여기 있다면 다시 젖을 먹이게 해줄지도 몰라요. 어디 있는지 모르겠어요."

어떻게 해야 할까 필롱이 다시 생각하고 있는데 수녀원
장이 문을 활짝 열었다. 수녀원장은 키가 큰 여성이었는
데 성당에서 본 적은 있지만 이야기를 나눠본 적은 거의 없
었다.

"필롱 씨." 수녀원장이 웃으며 말했다. "일요일 아침에 이
렇게 일찍 시간을 내주시니 정말 감사하네요."

"원장님." 필롱이 인사를 했다. "네, 일찍 왔습니다."

"이 꼴을 보시게 해서 유감입니다." 수녀원장이 말하고는
아이를 돌아보았다. "대체 어디 있었니?" 수녀원장이 말투
를 바꾸었다. "네가 침대에 없는 걸 이제야 알았다. 경찰을
부르려던 참이야."

"여기 석탄 광에 밤새 갇혀 있었어요." 필롱이 말했다.
"어쩌다 거기 들어갔는지 몰라도요."

"불쌍한 것. 어서 들어와서 위층으로 가서 뜨거운 물로
목욕해. 얼어 죽겠다. 이 가엾은 애는 가끔 앞뒤 분간을 못
해요. 어떻게 돌봐야 할지 난감하지요."

여자아이는 정신이 나간 것처럼 멍하게 서서 몸을 덜덜

떨었다.

"들어오세요." 수녀원장이 펄롱에게 말했다. "차를 끓이죠. 정말 끔찍한 일입니다."

"아, 아닙니다." 펄롱은 그렇게 하면 이 일이 있기 전으로 돌아갈 수 있으리라는 듯 한 걸음 뒤로 물러섰다.

"들어오세요." 수녀원장이 말했다. "거절은 용납 안 합니다."

"제가 마음이 급해서요. 집에 가서 옷을 갈아입고 미사에 참석해야 합니다."

"그럼 들어와서 급한 마음이 없어질 때까지 있어요. 아직 이른 시간이고 오늘 미사가 한 번만 있는 것도 아니니."

펄롱은 모자를 벗고 시키는 대로 수녀원장을 따라 들어갔다. 아이를 부축해 현관을 통과해 뒤쪽 부엌으로 갔는데 여자아이 둘이 순무 껍질을 벗기고 머리통 같은 양배추를 씻고 있었다. 문을 열어주었던 젊은 수녀가 거대한 검은색 레인지 앞에서 무언가를 젓고 있고 주전자에서 물이 끓었다. 부엌 전체와 안에 있는 물건들 전부 얼룩 한 점 없이 반짝반짝 빛났다. 펄롱은 지나가면서 벽에 걸린 냄비에 자기 모습이 언뜻 비치는 것을 보았다.

수녀원장은 걸음을 멈추지 않고 타일이 깔린 복도를 따라 계속 갔다.

"이쪽으로 오세요."

"원장님, 저희 때문에 바닥에 발자국이 남았습니다." 펄롱은 자기도 모르게 이렇게 말하고 있었다.

"괜찮아요." 수녀원장이 말했다. "더러움이 있는 곳에 복도 있다는 말도 있죠."

수녀원장이 펄롱과 여자아이를 데려간 곳은 넓고 근사한 방이었고 주철 벽난로에서 갓 피운 불이 활활 타고 있었다. 눈처럼 흰 천으로 덮인 긴 테이블 주위에 의자가 있고 마호가니 장식장, 유리문이 달린 책장이 있었다. 벽난로 선반 위에는 교황 요한 바오로 2세의 사진이 걸려 있었다.

"거기 불가에 앉아 몸 좀 녹이겠어요?" 수녀원장이 펄롱에게 외투를 돌려주며 말했다. "나는 이 애를 챙기고 차를 준비시킬게요."

수녀원장이 방에서 나가며 문을 닫자마자 바로 젊은 수녀가 쟁반을 들고 들어왔다. 젊은 수녀는 손을 떨다가 순가락을 떨어뜨렸다.

"손님이 오겠네요." 펄롱이 말했다.

"다른 손님이 또 있어요?" 수녀가 깜짝 놀랐다.

"그냥 하는 말이에요." 펄롱이 설명했다. "숟가락을 떨어뜨리면 손님이 온다고 하잖아요."

"그렇네요." 수녀가 말하고는 펄롱을 쳐다보았다.

이어 수녀는 컵과 컵받침을 꺼내는 등 할 일을 했으나 케이크 통 뚜껑을 연다고 끙끙댔다. 마침내 뚜껑을 열고 프루트케이크 조각을 꺼내 신속하게 칼로 썰었다.

수녀원장이 돌아와 천천히 불가로 가더니 부젓가락으로 어린 불을 쑤석이고 불붙은 토탄을 능숙하게 모으고는 석탄 통에서 펄롱 가게 최고급 석탄을 꺼내 주위에 두른 다음에 맞은편 안락의자에 앉았다.

"그래, 집에는 다들 무탈하고요, 빌리?" 수녀원장이 물었다.

수녀원장의 눈은 파란색도 회색도 아니고 그 중간쯤이었다.

"저희는 다 잘 지냅니다. 감사합니다, 원장님."

"딸들은요? 어떻게 지내요? 둘은 여기에서 음악 수업을 받으면서 꽤 진척이 있다고 들었어요. 그리고 여기 학교에도 다른 딸 둘이 다니죠?"

"잘 다니고 있습니다. 다행히도요."

"합창단에도 아이가 하나 있더군요. 거기서 잘 어울리는 것 같던데."

"잘 지냅니다."

"다들 곧 때가 되면 여기 학교에 들어오겠지요, 신께서 원하신다면."

"신께서 원하신다면요."

"다만 요즘은 애들이 너무 많아서. 모든 애들이 다 갈 곳을 찾아가기가 쉽지가 않죠."

"그렇겠지요."

"딸이 다섯인가요, 여섯인가요?"

"다섯입니다, 원장님."

그때 수녀원장이 일어나 찻주전자 뚜껑을 열고 찻잎을 저었다. "그렇긴 해도 섭섭하겠지요."

수녀원장은 펄롱에게 등을 보이고 있었다.

"섭섭하다고요?" 펄롱이 물었다. "어떤 게요?"

"이름을 이어갈 아들이 없다는 거요."

수녀원장이 심각하게 말했지만 펄롱은 그런 말을 오래전부터 늘 들어와서 익숙했다. 펄롱은 몸을 살짝 뻗으며 신발 끝을 반들거리는 놋쇠 벽난로 펜더에 댔다.

"저는 제 어머니 이름을 물려받았는데요. 그래서 안 좋았던 건 전혀 없습니다."

"그랬나요?"

"딸이라고 섭섭할 이유가 있나요?" 펄롱은 말을 이었다. "우리 어머니도 딸이었죠. 감히 말씀드리지만 원장님도 그렇고, 누구 식구든 절반은 딸이잖아요."

잠시 침묵이 감돌았다. 펄롱은 수녀원장이 기분이 상했다기보다는 접근법을 바꾸려 한다는 느낌을 받았다. 그때 문이 열리고 석탄 광에 있었던 여자아이가 블라우스, 카디건, 주름치마를 입고 신발을 신고 들어왔다. 머리카락은 젖었고 엉망으로 빗겨 있었다.

"빨리 왔네." 펄롱이 반쯤 몸을 일으켰다. "좀 낫니?"

"여기 앉아라." 수녀원장이 아이에게 의자를 빼주었다. "차하고 케이크 먹으면서 몸을 데워." 수녀원장이 기꺼운 듯 찻주전자를 들어 차를 따르고 우유와 설탕 그릇을 아이 손에 닿는 곳으로 밀어주었다.

아이는 식탁에 어색하게 앉아서 케이크에서 과일 조각을 골라낸 다음 케이크를 뜨거운 차와 함께 삼켰지만 컵을 잘 다루기 힘든 듯 컵받침 위에 겨우 올려놓았다.

수녀원장은 한동안 한가롭게 뉴스나 다른 사소한 이야기를 떠들다가 아이를 쳐다보았다.

"이제 왜 석탄 광에 들어갔는지 말해주겠니?" 수녀원장이 말했다. "그냥 말하면 돼. 아무도 뭐라 하지 않아."

아이는 의자에서 얼어붙었다.

"누가 널 가뒀지?"

아이의 겁에 질린 시선이 사방으로 돌아가다가 잠시 필롱과 마주친 다음 식탁과 접시 위 빵 부스러기로 떨어졌다.

"걔들이 절 숨겼어요, 원장님."

"어떻게?"

"그냥 놀고 있었어요."

"놀아? 무슨 놀이인지 말해주겠니?"

"그냥 놀이요, 원장님."

"숨바꼭질이겠지. 네 나이에 숨바꼭질이라니. 놀이가 끝난 다음에 널 꺼내줄 생각은 안 했다니?"

아이는 눈을 돌려 섬뜩한 소리를 내며 흐느꼈다.

"왜 우는 거야? 그냥 실수잖니? 아무것도 아닌 일이잖아?"

"네, 원장님."

"그게 뭐였다고?"

"그냥 아무것도 아닌 일이었어요."

"무서웠던 게지. 이제 아침 먹고 한잠 푹 자면 괜찮아질 거야."

수녀원장은 내내 방 안에 동상처럼 서 있던 젊은 수녀를 보며 고개를 끄덕였다.

"이 애한테 뭐 좀 만들어 줄래? 부엌에 데려가서 양껏 먹게 해. 그리고 오늘은 푹 쉬게 하고."

펄롱은 젊은 수녀가 아이를 데리고 가는 것을 보았고 이제 수녀원장이 자기가 일어서길 바란다는 걸 알았다. 그렇지만 조금 전까지는 여기를 뜨고만 싶었는데 이제는 반대로 여기에서 버티고 싶은 마음이 들었다. 벌써 밖이 점점 환해지고 있었다. 곧 첫 번째 미사 종이 울릴 터였다. 펄롱은 새로 생긴 기묘한 힘에 용기를 얻어 몸을 일으켜 앉았다. 자기는 남자고, 여기는 여자들밖에 없으니까.

펄롱은 자기 앞에 앉은 여자의 옷차림을 보았다. 다림질이 잘된 의상, 윤나게 닦인 구두.

"어느새 크리스마스네요." 펄롱이 한가하게 말했다.

"그러게요."

수녀원장은 정말 침착했다. 그건 인정해야 했다.

"오늘 눈 온다는 소식 들으셨지요."

"화이트 크리스마스가 될 수도 있겠네요. 그러면 배달 일이 더 많아지겠어요."

"한창 바빴습니다." 펄롱이 말했다. "그래서 불만이란 건 아니고요."

"차 다 드셨나요, 아니면 한 잔 더 따라드릴까요?"

"우리가 다 마셔버리는 게 낫겠네요." 펄롱은 고집스레 잔을 앞으로 내밀었다.

차를 따르는 손은 흔들림이 없었다.

"펄롱 씨 선원들이 이번 주에 시내에 왔었나요?"

"제 선원은 아니지만요, 저 부두에 화물이 들어왔었지요, 네."

"외국인들을 들이는 게 신경 쓰이지 않나 보네요."

"누구나 어딘가에서 태어나지 않았겠습니까." 펄롱이 말했다. "예수님은 베들레헴에서 태어나셨고요."

"주님을 그 사람들하고 비교할 수는 없지요."

수녀원장은 더는 참기 힘들었는지 주머니 깊이 손을 넣어 봉투를 꺼냈다. "청구서를 보내주시면 처리하겠습니다만 일단 이건 크리스마스니까."

펄롱은 받고 싶지 않았지만 손을 내밀었다.

수녀원장이 펄롱을 부엌까지 안내했다. 부엌에서는 젊은 수녀가 프라이팬 앞에 서서 블랙푸딩 두 조각 옆에 오리알을 깨서 프라이를 만들고 있었다. 석탄 광에 있던 여자아이는 멍하게 식탁에 앉아 있고 앞에는 아무것도 놓여 있지 않았다.

펄롱은 수녀원장이 자기가 그냥 가길 바란다는 걸 알았지만, 걸음을 멈추고 여자아이 옆에 섰다.

"내가 도울 수 있는 일이 있니?" 펄롱이 말했다. "말만 하렴."

아이는 창문을 쳐다보고 숨을 들이마시더니 울음을 터뜨렸다. 친절에 익숙하지 않은 사람이 처음으로 혹은 오랜만에 친절을 마주했을 때 그러듯이.

"이름이 뭔지 알려줄래?"

아이는 다시 수녀를 흘긋 보았다. "여기에서는 엔다라고 불러요."

"엔다? 그건 남자 이름 아니니?"

아이는 대답하지 못했다.

"원래 이름은 뭐야?" 펄롱이 말투를 누그려 물었다.

"세라. 세라 레드먼드요."

"세라. 우리 어머니 이름하고 같구나. 어디에서 왔니?"

"저희 집은 저기 클로너걸 너머에 있어요."

"클로너걸이라면 킬다빈에서도 더 가야 하잖아." 펄롱이 말했다. "어떻게 여기까지 왔어?"

레인지 앞에 있는 수녀가 헛기침을 하며 프라이팬을 거칠게 흔들었고 펄롱은 그게 아이에게 더 말하지 말라는 뜻으로 보낸 신호임을 알아들었다.

"그래, 지금 놀란 상태니까, 그럴 만도 하지. 아무튼 내

이름은 빌 펄롱이고 저기 부두 근처 석탄 야적장에서 일해. 무슨 일 있으면, 거기로 찾아오거나 아니면 나를 불러. 일 요일만 빼고 늘 거기 있으니까."

젊은 수녀는 요란한 소리를 내며 오리알과 블랙푸딩을 접시에 담고 큰 통에서 마가린을 퍼서 토스트에 발랐다.

펄롱은 더는 아무 말도 하지 말아야겠다고 생각하고 건 물 밖으로 나가 문을 닫았다. 현관 계단에 서 있는데 안에 서 누군가가 열쇠로 문을 잠그는 소리가 들렸다.

6

"첫 번째 미사 놓쳤어." 펄롱이 집에 오자 아일린이 말했다.

"수녀원에 갔는데 들어와서 차 마시고 가라고 하도 그래서."

"음, 크리스마스니까. 그럴 만하지." 아일린이 말했다.

펄롱은 대답하지 않았다.

"거기서 뭐 줬어?"

"차." 펄롱이 말했다. "차하고 케이크만."

"뭐 다른 건 안 줬어?"

"무슨 말이야?"

"크리스마스니까. 해마다 빼먹지 않고 뭔가 보내줬었잖아."

펄롱은 봉투를 잊고 있었다.

아일린이 봉투를 열고 카드를 꺼내자 50파운드 지폐가 아일린의 무릎 위로 떨어졌다.

"정말 좋은 분들이야." 아일린이 말했다. "이 돈이면 정육점 외상값 갚고도 남겠다. 아침에 가서 칠면조하고 햄을 찾아와야겠어."

"줘봐."

카드에는 파란 하늘에 천사가 있고 성모와 아기 예수가 탄 당나귀를 요셉이 끌고 가는 그림이 있었다. 「이집트로의 피신」, 펄롱이 뒷면에 적힌 제목을 읽었다. 카드 안에는 서둘러 쓴 필체로 이렇게 적혀 있었다. 아일린, 빌, 딸들에게. 여러분 가족에게 행복한 나날이 계속되기를.

"감사하다고 잘 말씀드렸겠지." 아일린이 말했다.

"왜 안 그랬겠어?" 펄롱이 봉투를 구겨 석탄통에 던져 넣었다.

"왜 기분이 안 좋아?" 아일린은 카드를 집어 벽난로 위에 다른 장식품들과 함께 올려놓았다.

"아니." 펄롱이 말했다. "왜?"

"그럼 그 옷 벗고 갈아입어. 이러다가 두 번째 미사도 놓치겠어."

펄롱은 뒤쪽 화장실로 가서 비누를 꺼내 세면대 앞에서 천천히 손으로 거품을 내 얼굴을 닦고 면도를 하기 시작했다. 칼날을 바싹 갖다 대어 목에 상처가 났다. 거울로 눈, 가르마, 눈썹을 찬찬히 봤다. 지난번에 거울을 보았을 때보다 눈썹 사이가 더 가까워진 것 같았다. 손톱 아래 검댕을 빼내려고 최대한 박박 문질러 닦았다. 가장 좋은 옷으로 갈아입고 아일린과 딸들과 함께 성당으로 걸어가는데 어쩐지 거부감이 들었다. 길이 가파르게 느껴지고 군데군데 미끄러운 데가 있었다.

"너희 헌금함에 넣을 잔돈 있니?" 성당 마당에 들어설 때 아일린이 딸들을 보고 웃으며 물었다. "아니면 너희 아빠가 다 누구 줘버렸나?"

"그런 쓸데없는 이야기는 할 필요 없잖아." 펄롱이 날카롭게 말했다. "지갑에 오늘 쓸 돈은 충분히 있지 않아?"

아일린의 얼굴에서 웃음기가 사라지고 놀란 기색이 번졌다. 아일린은 천천히 지갑을 꺼내 딸들에게 10펜스 동전을 나누어 주었다.

입구에 있는 대리석 성수반에 손가락을 담가 수면에 잔물결을 만들고 스스로를 축복한 다음 쌍여닫이문을 밀고 안으로 들어갔다. 펄롱은 문가에 서서 나머지 식구들이 통로를 따라 안으로 들어가 배운 대로 자연스럽게 무릎 절을 하고 신도석으로 들어가 앉는 모습을 보았다. 조앤은 계속 앞으로 걸어가 성가대석으로 가서 무릎 절을 하고 장궤 자세를 했다.

미사보를 쓴 여자들 몇몇이 소리를 낮춰 묵주기도를 드리며 엄지손가락으로 묵주를 천천히 하나씩 넘겼다. 큰 농장이나 사업체를 운영하는 집안 사람들이 모직과 트위드 옷을 입고 비누와 향수 냄새를 풍기며 성큼성큼 앞쪽으로 걸어와 무릎 받침대를 내렸다. 노인들이 조용히 들어와 모자를 벗고 손가락 하나로 빠르게 성호를 그었다. 갓 결혼한 젊은 남자가 발그레한 얼굴로 들어와 성당 가운데에 아내와 같이 앉았다. 남 얘기 좋아하는 사람들은 통로 가장자리에서 얼쩡거리며 들어오는 사람마다 유심히 보면서 새 옷, 새 머리 모양, 불편한 다리 등등 뭐든 특이한 게 없나 살폈다. 수의사 도허티가 한쪽 팔을 팔걸이에 걸고 나타나자 사람들이 옆 사람을 팔꿈치로 찌르며 수군거렸고 세쌍둥이를 낳은 우체국장 부인이 녹색 벨벳 모자를 쓰고 나타나자 또 숙덕거렸다. 어린아이들에게는 열쇠를 갖고 놀라고 주고 고무젖꼭지를 물렸다. 아기가 숨을 할딱할딱 들이마시며 울어대고 엄마 품에서 벗어나려고 몸부림치자 엄마가 황급히 밖으로 데리고 나갔다. 현관 바깥쪽에서 담배 연기와 웃음소리가 흘러들었다. 시작종이 울리기 전까지 밖에서 그러고 있는 남자들이 늘 꼭 있었다.

곧, 음악 수업을 담당하는 카멜 수녀가 나와 오르간 앞에 앉아 연주를 시작했다. 아주 나이가 많은 사람이나 장애인 빼고 모두 자리에서 일어났고 복사 소년들이 나오고 뒤이어 교구 사제가 보라색 예복을 발 뒤쪽으로 휘날리며 나왔다.

신부는 천천히 회중에게 등을 돌린 채 무릎 절을 하고 제단에 가서 섰다. 팔을 양옆으로 넓게 벌리고 미사를 시작했다.

"성부와 성자와 성령의 이름으로. 우리 주 예수 그리스도의 은총과 하느님의 사랑과 성령의 친교가 여러분 모두와 함께하기를 빕니다."

"또한 사제의 영과 함께." 회중이 이어 화답했다.

그날 미사는 길게 느껴졌다. 펄롱은 딱히 열심히 참여하지 않고 멍하니 한 귀로 들으며 스테인드글라스 창문으로 들어오는 아침 햇살을 보았다. 강론 동안에는 눈으로 「십자가의 길」 성화를 훑었다. 예수가 십자가를 지고 가다가 쓰러지고, 성모와 예루살렘의 여인들을 만나고, 두 번 넘어지고 옷이 벗겨지고, 십자가에 못 박혀 죽고, 무덤에 묻히는 그림들. 축성이 끝나고 앞으로 나가 영성체를 받아야 할 때가 되었으나 펄롱은 벽에 붙어 서서 고집스럽게 제자리를 지키고 있었다.

***

그날 일요일 오후 집에 돌아와 램 찹과 콜리플라워, 양파 소스로 식사를 한 다음 펄롱은 크리스마스트리를 설치했고 레이번 스토브 앞에 앉아 딸들이 색전구를 걸고 장식을 달고 액자와 수납장에 호랑가시나무 열매를 다는 것을 보았다. 펄롱은 노인이 된 것 같은 기분으로 딸들이 끈이 끊어졌다며 가져온 작은 장식품들에 끈을 새로 끼웠다. 트리 장식을 마치고 플러그를 꽂으니 색전구에 불이 들어왔고, 그레이스는 아코디언을 꺼내 「징글벨」을 연주하려고 했다. 실라는 텔레비전을 켜고 소파에 누워 「이 땅의 크고 작은 모든 생명」이라는 드라마를 봤다. 펄롱은 아일린이 이제 좀 앉아 쉬었으면 했지만 아일린은 설거지를 마치자마자 밀가루와 델프트 볼을 꺼내더니 민스파이를 만들고 케이크에 아이싱을 해야 한다고 했다. 캐슬린이 파이 반죽을 만들어 밀대로 평평하게 폈다. 그러자 로레타가 뒤집은 컵으로 반죽을 찍어 동그랗게 잘라냈고 아일린과 조앤은 달걀을 분리해 흰자 거품을 내고 슈거 파우더를 체로 쳤다. 다음으로 이미 마지팬으로 싸놓은 크리스마스 케이크를 은쟁반 위에 올렸고, 실라와 그레이스는 서로 자기가 아코디언을 연주할 차례라고 싸웠다.

펄롱은 벌떡 일어나 석탄통을 광으로 가져가 무연탄을

채우고 장작을 가지고 들어왔고 빗자루를 집어 바닥을 쓸기 시작했다.

"그거 지금 해야 해?" 아일린이 말했다. "이제 케이크 장식하려는데."

펄롱이 바닥에서 쓸어 담은 먼지, 흙, 호랑가시나무 잎, 솔잎을 스토브에 쏟아붓자 불이 확 타오르며 타다닥 소리를 냈다. 방이 사방에서 조여드는 느낌이었다. 뜻 모를 무늬가 반복되는 벽지가 눈앞으로 다가오는 것 같았다. 달아나고 싶은 충동이 펄롱을 사로잡았고 펄롱은 홀로 낡은 옷을 입고 어두운 들판 위로 걸어가는 상상을 했다.

저녁 6시가 되어 텔레비전에서 삼종기도 시간을 알리고 이어 뉴스가 나올 즈음에는 민스파이 수십 개가 식힘망 위에서 식어가고 있었고 크리스마스 케이크도 장식을 마쳐 조그만 플라스틱 산타가 아이싱에 거의 무릎까지 묻힌 채 서 있고 그 주위에는 순록들이 있었다. 일기예보를 듣고 창밖으로 가로등 불빛을 보고 나자 펄롱은 더 이상 앉아 있을 수가 없었다.

"네드한테 가봐야겠어." 펄롱이 말했다. "지금 안 가면 들를 시간이 없을 것 같아."

"그것 때문에 그렇게 끙끙 앓고 있었던 거야?"

"끙끙 앓은 적 없어, 아일린." 펄롱이 한숨을 내쉬었다.
"당신이 네드가 아프다고 하지 않았어?"

"그럼 이거 가져가." 아일린이 민스파이 여섯 개를 갈색
종이에 싸며 말했다. "그리고 크리스마스 날 오시라고 해."

"그럴게."

"괜찮으시면 크리스마스 만찬 때 오셔도 되고."

"그래도 되겠어?"

"안 그래도 집에 사람이 한가득인데. 한 명 더 온다고 뭔
일 나겠어?"

펄롱은 외투를 걸치고 마당으로 나오면서 어떤 안도감
을 느꼈다. 밖으로 나와서, 강을 보고, 바깥공기를 마시니
얼마나 좋은지. 부두로 가니 거대한 갈매기 떼가 날개를 반
짝이며 날아들었다가 펄롱을 지나쳐 줄줄이 떠나갔다. 문
닫아버린 조선소로 먹이를 구하러 헛걸음을 하는지도 몰
랐다. 마음 한편에는 오늘이 월요일 아침이어서 다른 건 다
잊고 그냥 도로로 나가 평일 일상의 노동에 기계적으로 빠

져들 수 있으면 좋겠다는 생각이 들었다. 일요일이 너무나 공허하고 힘겹게 느껴질 때가 있었다. 왜 펄롱은 다른 남자들처럼 미사 마치고 맥주 한두 잔 마시면서 쉬고 즐기고 저녁 배부르게 먹고 불가에서 신문을 보다가 잠들 수 없는 걸까?

여러 해 전 어느 일요일 미시즈 윌슨이 아직 살아 있을 때, 펄롱이 그 집에 찾아간 적이 있었다. 결혼한 지 얼마 안 되었을 때였고 캐슬린이 아직 유아차를 타고 있었다. 펄롱은 날씨가 좋으면 저녁 먹고 자전거를 타고 미시즈 윌슨을 보러 가곤 했다. 그런데 그날 미시즈 윌슨은 집에 없었고 네드가 부엌 불가에서 흑맥주 한 병을 앞에 놓고 담배를 피우고 있었다. 네드는 늘 그러듯 펄롱을 반갑게 맞았고 곧 펄롱이 갓난아기 시절 이 집에 왔을 때 일을 회상하기 시작하더니 미시즈 윌슨이 날마다 아래층으로 내려와 요람 속 아기를 들여다보곤 했다는 이야기를 했다. "단 한 번도 후회하지 않으셨지." 네드가 말했다. "너에 대해 함부로 말한 적도 없고, 네 엄마를 심하게 부리지도 않았어. 급료는 적었지만 그래도 여기 우리 머리 위에 제대로 된 지붕

이 있었고 굶주리며 잠자리에 든 적은 단 하루도 없으니까. 나야 작은 방 하나밖에 없었지만 그 안에 성냥갑 하나 따위 사소한 거라도 없는 게 없고. 내가 지내는 방은 내 방이나 다름없고, 밤중에라도 배고프면 일어나서 먹고 싶은 만큼 먹을 수 있잖아. 그만큼이나마 누리며 사는 사람이 몇이나 되겠니?

그런데 내가 끔찍한 짓을 한 적이 있었다. 그것도 한 번이 아니었어. 네가 아직 아장아장 걷는 아기일 땐데, 그때는 아침에 나하고 같이 젖을 짜는 일꾼이 한 명 더 있었어. 그 사람한테 노새가 있었는데 그이가 노새가 먹을 풀이 없어 굶주린다며 어두울 때 뒷길 끝으로 건초 한 자루만 갖다 달라고, 거기에서 만나자고 했어. 그해 겨울은 혹독했지. 내가 겪어본 최악의 겨울 중 하나였어. 그래서 그러겠다고 했지. 매일 저녁 자루에 건초를 채워서 어두울 때 거기 길 끝에, 철쭉 있는 데서 그 사람을 만났어. 그 짓을 꽤 오래 계속하다가 어느 날에 그 길로 가는데 사람이 아닌 뭔가가, 손이 없는 뭔가 흉측한 게 도랑에서 나와서 날 막아섰어. 그 뒤로는 미시즈 윌슨의 건초를 훔치지 않았지.

지금은 그 일을 생각하면 너무 후회돼. 고해소에서 말고는 지금껏 한 번도 안 꺼낸 이야기다."

그날 밤 펄롱은 늦게까지 남아 흑맥주 작은 병 두 개를 마시고 결국 네드에게 자기 아버지가 누구인지 아냐고 물었다. 네드는 펄롱의 엄마가 말한 적은 없지만 펄롱이 태어나기 전 여름에 저택에 손님이 많았다고 했다. 윌슨 집안의 돈 많은 친척과 친구들이 영국에서 왔었다고, 잘난 사람들이었다고. 배를 빌려 배로강에 연어 낚시를 하러 갔었다고. 엄마가 그중 누군가의 품에 들어갔을지 누가 알겠냐고.

"하느님만이 아시겠지." 네드가 말했다. "어쨌거나 결국에는 잘 풀린 거지? 여기에서 잘 컸고, 지금도 잘 살고 있잖아."

펄롱이 가기 전에 네드가 차를 끓였고 콘서티나*를 꺼내 몇 곡을 연주했고 다음에는 콘서티나를 내려놓고 눈을 감더니 「까까머리 소년」**을 불렀다. 네드가 부르는 노래가 하

---

* 육각형의 작은 아코디언 비슷한 악기.
** 「The Croppy Boy」. 아일랜드 민요로 1798년 아일랜드 반란군의 절망을 노래하는 곡이다.

도 처연해서 펄롱은 목덜미에서 털이 쭈뼛 솟는 느낌이었고 네드에게 한 번만 더 불러달라고 청해 듣고 나서야 자리에서 일어나 집으로 돌아갔다.

이제 트럭을 몰고 대로를 따라 올라가는데 늙은 오크나무와 라임나무가 황량하고 드높아 보였다. 헤드라이트 불빛이 떼까마귀 둥지를 비출 때 펄롱의 가슴속에서 무언가가 덜컹했다. 저택은 새로 페인트칠이 되어 있었고 앞쪽 방에는 전등불이 환했고 예전과 다르게 거실에 놓인 크리스마스트리가 창문으로 훤히 보였다.

펄롱은 천천히 집 뒤쪽으로 차를 몰고 가 뒷마당에 차를 세우고 시동을 껐다. 마음 한편에는 그 집에 가거나 거기 사는 사람들과 이야기를 나누고 싶지 않은 마음이 있었지만 억지로 차문을 열고 나와 돌길을 가로질러 뒷문을 두드렸다. 1, 2분 정도 기다리다 다시 두드렸더니 이번에는 개가 짖었고 뒷마당 불이 들어왔다. 어떤 여자가 문을 열고 강한 에니스코시 억양으로 인사를 했고 펄롱은 네드를 보러 왔다고 말했다. 여자는 네드는 이제 여기 안 산다고, 보름도 더 전에 폐렴에 걸려서 병원에 갔고 지금은 어느 집에선가 요양한다고 했다.

"어디에서요?"

"전 잘 몰라요." 여자가 말했다. "윌슨 댁 분들을 불러드릴까요? 아직 저녁 식사 전이거든요."

"아, 아뇨. 방해하고 싶지 않아서요." 필롱이 말했다. "됐습니다."

"보니까 친척인 거 알겠네요."

"네?"

"닮았어요." 여자가 말했다. "네드가 삼촌이에요?"

필롱은 뭐라고 대답해야 할지 몰라, 고개를 젓고는 여자 뒤쪽 부엌을 쳐다보았다. 바닥에 리놀륨이 깔려 있었다. 수납장에는 예전과 다를 바 없이 파란 주전자와 커다란 서빙용 접시가 있었다.

"정말 저분들한테 오셨다고 알리지 말아요?" 여자가 물었다. "성가셔하진 않을 텐데요."

필롱은 자기 때문에 열린 문으로 찬 바람이 들어가서 여자가 못마땅해하는 걸 느낄 수 있었다.

"아, 괜찮습니다." 필롱이 말했다. "가보겠습니다. 아무튼 감사합니다. 빌 펄롱이 들렀었다고, 크리스마스 잘 보내시라고 전해주시겠어요?"

"그럴게요." 여자가 말했다. "크리스마스 잘 보내세요."

"크리스마스 잘 보내세요."

여자가 문을 닫자, 펄롱은 표면이 반들반들 닳은 화강암 디딤돌을 내려다보며 신발 바닥을 갈듯 그 위를 가로지르고는 고개를 돌려 어둑한 마당에서 눈에 들어오는 것들을 둘러보았다. 마구간과 건초 헛간, 외양간, 말 여물통, 어릴 때 펄롱이 놀던 과수원으로 나가는 연철 대문, 곡물창고 2층으로 올라가는 계단, 어머니가 쓰러져 세상을 뜬 돌길.

펄롱이 트럭에 올라타 문을 닫기 전에 마당 불이 꺼졌고 공허함이 펄롱을 덮쳤다. 한동안 펄롱은 그대로 앉아 굴뚝 통풍관보다 더 높이 솟은 헐벗은 나무 우듬지, 바람에 움찔거리는 나뭇가지를 지켜보다가, 갈색 종이로 손을 뻗어 민스파이를 하나 집어 먹었다. 거의 반 시간 정도, 어쩌면 더 오래 그렇게 앉아서 여자가 한 말, 닮았다는 말을 곱씹어보며 생각 속에서 불을 지폈다. 생판 남을 통해서 알게 되다니.

한참 뒤 위층 커튼이 움직이더니 어린아이가 밖을 내다 봤다. 펄롱은 억지로 자동차 키에 손을 뻗어 시동을 걸었다. 다시 길로 나와 펄롱은 새로 생긴 걱정은 밀어놓고 수녀원에서 본 아이를 생각했다. 펄롱을 괴롭힌 것은 아이가 석탄 광에 갇혀 있었다는 것도, 수녀원장의 태도도 아니었다. 펄롱이 거기에 있는 동안 그 아이가 받은 취급을 보고만 있었고 그애의 아기에 관해 묻지도 않았고—그 아이가 부탁한 단 한 가지 일인데—수녀원장이 준 돈을 받았고 텅 빈 식탁에 앉은 아이를 작은 카디건 아래에서 젖이 새서 블라우스에 얼룩이 지는 채로 내버려두고 나와 위선자처럼 미사를 보러 갔다는 사실이었다.

7

크리스마스이브, 펄롱이 이렇게 일하러 나가고 싶지 않
았던 적은 처음이었다. 며칠째 뭔가 가슴에 얹힌 것 같았지
만 펄롱은 평소처럼 옷을 입고 비첨스 감기약을 뜨거운 물
에 타서 마시고 야적장으로 걸어갔다. 일꾼들이 벌써 나와
정문 밖에 서서 추위에 손을 호호 불고 발을 구르며 서로
잡담을 나누고 있었다. 펄롱이 지금까지 데리고 있었던 일
꾼들은 다 괜찮은 사람들이었고 게으름 피우거나 불평하
지 않았다. 사람한테서 최선을 끌어내려면 그 사람한테 잘

해야 한다고, 미시즈 윌슨이 말하곤 했다. 해마다 크리스마스에 딸들을 두 군데 무덤에 데려가 필롱의 어머니뿐 아니라 미시즈 윌슨의 무덤에도 꽃을 놓게 하길 잘했다, 딸들에게 그렇게 가르치길 잘했다는 생각이 들었다.

필롱은 일꾼들에게 아침 인사를 하고 정문을 열고 기계적으로 야적장, 적재물, 명세표를 확인한 다음 트럭에 올라탔다. 트럭에 시동을 걸자 배기구에서 검은 연기가 뿜어 나왔다. 트럭을 몰고 길로 나왔으나 오르막을 오르기가 힘겨웠고, 필롱은 엔진 수명이 다 돼서 아일린이 원하는 대로 집 앞쪽 창문을 새로 하기는 내년에도, 어쩌면 후년에도 어렵겠다는 생각을 했다.

외곽으로 나가자, 몇몇 집은 매우 힘겹게 사는 게 확연히 보였다. 최소 예닐곱 집에서 필롱을 조용히 옆으로 데려가 대금을 외상으로 달아달라고 했다. 필롱은 다른 집에서는 최선을 다해 명절 분위기에 걸맞게 잡담을 나누었고 카드와 에메랄드 사탕 한 통, 퀼리티 스트리트 사탕, 파스닙 한 자루, 요리용 사과, 브리스틀 크림 셰리 한 병, 블랙 타워 와인, 한 번도 안 입은 여자아이용 코듀로이 재킷 등을 선물로 받고 고맙다고 인사를 했다. 개신교도 남자 한 명은 펄롱 손에 5파운드 지폐를 쥐어주며 크리스마스 잘 보내라고, 자기 며느리가 막 둘째 아들을 낳았다고 자랑했다. 몇몇 집에서는 학교에 안 간 아이들이 달려 나와 석탄 자루를 들고 온 펄롱을 산타클로스라도 되는 양 반갑게 맞았다. 펄롱은 수차례, 돈이 있을 때는 자신에게 땔감을 구입하곤 했던 집 앞에 차를 세우고 문 앞에 장작 자루를 두고 왔다. 그중 한 집에서는 조그만 남자아이가 트럭으로 달려오더니 석탄 한 덩이를 집었는데 누나가 따라 나와 동생을 찰싹 치고는 더럽다고 내려놓으라고 했다.

"씨발." 남자아이가 말했다. "씨발 꺼져."

여자아이는 태연하게 펄롱에게 크리스마스카드를 주었다.

"오실 줄 알았어요. 그래서 안 부치고 가지고 있었어요. 엄마가 그러는데 아저씨는 신사래요."

좋은 사람들이 있지, 펄롱은 차를 몰고 시내로 돌아오면서 생각했다. 주고받는 것을 적절하게 맞추어 균형 잡을 줄 알아야 집 안에서나 밖에서나 사람들하고 잘 지낼 수 있단 생각을 했다. 그러나 이런 생각을 하는 순간 이런 생각을 한다는 것 자체가 특권임을 알았고 왜 어떤 집에서 받은 사탕 따위 선물을 다른 더 가난한 집 사람들에게 주지 않았을까 하는 생각이 들었다. 늘 그러듯 크리스마스는 사람들한테서 가장 좋은 면과 가장 나쁜 면 둘 다를 끌어냈다.

야적장으로 돌아왔을 때는 삼종기도 종이 울린 지 이미 한참 지난 시간이었지만 일꾼들은 아직까지 기분 좋게 농담을 주고받으며 빗자루질을 하고 콘크리트 바닥에 물을 뿌려 닦고 있었다. 펄롱은 재고를 확인하고 장부에 기록하고 조립식 건물 문을 잠그고 예보대로 눈이 올 때에 대비해 트럭 보닛 위를 자루로 덮었다. 그런 다음 돌아가며 수돗가에서 손을 벅벅 문질러 닦고 부츠에 묻은 검댕을 씻어냈다. 마지막으로 펄롱은 트럭에서 외투를 꺼내 입고 정문에 자물쇠를 채웠다.

그날 저녁 식사는 케호 식당에서 회삿돈으로 먹었다. 미시즈 케호는 축제 분위기가 나는 새 앞치마를 두르고 테이블마다 돌며 그레이비소스, 매시트포테이토, 셰리 트라이플, 크리스마스 푸딩과 크림을 추가로 주었다. 남자들은 여유롭게 식사를 마친 다음에도 계속 남아서 흑맥주와 에일을 앞에 놓고 느긋하게 담배를 나누어 피우고 미시즈 케호가 내놓은 빨간 냅킨으로 코를 풀었다. 펄롱은 더 있고 싶지 않았고 집에 가고 싶은 생각뿐이었지만, 여기에서 좀 더 시간을 보내며 일꾼들에게 감사 인사를 하는 등 평소에 잘 안 하던 일을 하는 게 마땅하다 싶어 머무적거리고 있었다. 크리스마스 보너스는 이미 다 나누어 주었다. 펄롱은 일꾼들과 악수를 나누고, 계산을 하러 갔다.

"피곤하겠네." 계산하러 온 펄롱에게 미시즈 케호가 말했다. "날마다 하루 종일 일하니."

"아주머니만큼 하겠어요."

"왕관을 쓴 자는 머리가 무거운 법이지." 미시즈 케호가 웃으며 말했다.

미시즈 케호는 작은 배 모양 그릇에 담긴 그레이비소스를 냄비에 붓고 매시트포테이토를 긁어 담는 등 남은 음식을 정리하고 있었다.

"아주머니나 저나 한동안 바빴네요." 펄롱이 말했다. "며칠 쉬면 괜찮겠죠."

"남자로 태어나 쉬는 날이 있다는 건 어떤 느낌일까." 미시즈 케호가 말하고는 또 한 차례 걸걸한 웃음을 터뜨리며 손을 앞치마에 닦더니 출납기에서 계산을 했다.

펄롱이 지폐를 건네자 미시즈 케호는 지폐를 출납기 서랍에 넣고 잔돈을 들고 카운터 뒤에서 나와 펄롱 옆에 테이블을 등지고 섰다.

"내 말이 틀렸으면 틀렸다고 해, 빌. 그런데 내가 듣기로 저기 수녀원 그 양반하고 충돌이 있었다며?"

잔돈을 받아 든 펄롱의 손에 힘이 들어갔고 시선은 걸레받이 쪽으로 떨어져 걸레받이를 따라 방구석까지 갔다.

"충돌이라고 할 건 아닌데, 네, 아침에 거기 잠깐 있었어요."

"내가 상관할 바는 아니지만, 거기 일에 관해 말할 때는 조심하는 편이 좋다는 거 알지? 적을 가까이 두라고들 하지. 사나운 개를 곁에 두면 순한 개가 물지 않는다고. 잘 알겠지만."

펄롱은 갈색 카펫 위에 서로 엮인 검은 고리 무늬를 내려다보았다.

"기분 나쁘게 듣지 말고." 미시즈 케호가 펄롱의 소매를 건드리며 말했다. "말했듯이 내가 상관할 일은 아니지만, 그 수녀들이 안 껴 있는 데가 없다는 걸 알아야 해."

펄롱이 뒤로 물러서며 미시즈 케호를 마주 보았다. "그 사람들이 갖는 힘은 딱 우리가 주는 만큼 아닌가요?"

"그렇게 쉽게 생각할 일이 아냐." 미시즈 케호는 말을 멈추고는 극도로 현실적인 여자가 가끔 남자들을 볼 때 짓는 표정, 철없는 어린애 보듯 하는 표정을 지었다. 아일린도 몇 번 그런 적이 있었다. 사실 꽤 많았다.

"내 말 너무 신경 쓰지 마." 미시즈 케호가 말했다. "하지만 자네 정말 열심히 살아서, 나만큼이나 열심히 해서 여기까지 온 거잖아. 딸들도 잘 키우고 있고. 알겠지만 그곳하고 세인트마거릿 학교 사이에는 얇은 담장 하나뿐이라고."

펄롱은 기분 나쁘게 생각하지 않았으므로 곧 누그러졌다. "알아요, 아주머니."

"이 근방에서 잘 풀린 여자애 중에 그 학교 안 다닌 애는 한 손으로 꼽을 정도야." 미시즈 케호가 손바닥을 펼치며 말했다.

"압니다."

"교단은 다르지만 다 한통속이야. 어느 한쪽하고 척지면 다른 쪽하고도 원수 되는 거야."

"고맙습니다, 아주머니. 말씀해 주셔서 감사해요."

"크리스마스 잘 보내, 빌."

"크리스마스 잘 보내세요." 퍼롱이 말하며 자기가 받은 거스름돈을 다시 미시즈 케호의 손에 돌려주었다.

***

밖으로 나오자 눈이 내리고 있었다. 하얀 눈송이가 하늘에서 떨어져 마을에, 사방에 내려앉았다. 퍼롱은 자기 바지, 부츠 코를 내려다보며 서 있다가 모자를 푹 눌러쓰고 외투 단추를 채웠다. 주머니에 손을 깊이 찔러 넣고 부둣가를 따라 걸으면서 들은 이야기를 되새기며 강이 눈을 삼키며 검게 흐르는 것을 보았다. 조금 더 자유로워진 기분이었다. 밖에 나왔고 당장 해야 할 일도 없고 올해의 일은 다 마쳐서 등 뒤로, 저 뒤로 넘겨버렸으니. 한 군데 볼일을 보고 빨리 집에 가야 한다는 생각이 있었는데 어느덧 흩어져 사라졌다. 거의 가벼운 마음으로 크리스마스 전등이 켜진 시내로 가서 길게 지그재그 모양으로 걸려 있는 색색의 전구 아래로 걸었다. 스피커에서 음악이 흘러나오고 소년이 높고 맑은 음색으로 노래했다. 오 거룩한 밤, 별빛이 찬란한데. 펄롱은 시청 건물 앞 크리스마스트리를 지나다가 보도블록에 발이 걸려 넘어질 뻔하고는 감기에 좋다며 뜨거운 위스키를 마시게 하고 셰리 트라이플을 큰 그릇으로 준 미시즈 케호를 원망했다. 펄롱은 이따금 걸음을 멈추고 상점 안을 들여다보았다. 진열된 상품, 길게 늘어진 반짝이 장식띠, 한없이 많은 반짝이는 물건들—워터퍼드 크리스털 제품, 스테인리스 식기 세트, 도자기 다기 세트, 향수병, 세례 기념 머그 등—을 보았다. 포리스털 귀금속상 앞에서는 검은 벨벳 트레이에 약혼반지, 결혼반지, 금시계, 은시계 등이 박혀 있는 것을 보았다. 마네킹 팔에 팔찌가 걸려 있고 체인에 달린 로켓, 목걸이도 있었다.

오래된 스태퍼드 상점 앞에서는 어린아이라도 된 것처럼 헐리 경기용 스틱과 공, 그물주머니에 든 유리구슬, 장난감 병정, 플라스티신 점토, 레고, 체커와 체스 세트 등 예전과 달라지지 않은 것들에 눈이 갔다. 프릴이 달린 드레스를 입은 인형 두 개가 뻣뻣하게 앉아 팔을 앞으로 뻗었는데 손끝이 유리창에 거의 닿을 듯했다. 마치 안아 올려달라고 하는 것 같았다. 가게 안으로 들어가서 미시즈 스태퍼드에게 농장이 그려진 500피스짜리 지그소가 있는지 물었는데 미시즈 스태퍼드는 가게엔 어린이용 지그소밖에 없고 요새는 어려운 퍼즐을 찾는 사람이 거의 없다면서 뭔가 다른 건 필요 없냐고 물었다. 펄롱은 고개를 저었지만 그래도 빈손으로 나가고 싶지는 않아서 미시즈 스태퍼드 머리 뒤쪽 고리에 걸려 있는 레몬스 젤리 한 봉지를 샀다.

조이스 가구점 앞에서 펄롱은 판매 중인 전신 거울에 비친 자기 모습을 보고 이발소에 가서 머리를 깎아야겠다고 마음을 먹었다. 이발소 안에 기다리는 사람이 많았으나 펄롱은 문을 밀고 들어갔고 작은 종이 딸랑딸랑 소리를 냈다. 펄롱은 긴 의자 끝에 앉아 누군지 모르는 붉은 머리 남자와 남자를 많이 닮은 붉은 머리 남자아이 넷 다음으로 차례를 기다렸다. 술이 거나하게 취한 시노트가 이발소 의자에 앉아 있었고 이발사가 짧게 친 뒷머리와 옆머리를 다듬었다. 이발사는 거울로 펄롱을 보고 근엄하게 고개를 끄덕여 인사하고 한동안 가위질을 계속하다가 가위를 내려놓고 시노트의 목뒤에서 머리카락을 털어내고 재떨이를 비웠다. 꽁초가 양동이에 떨어지며 머리카락을 살짝 태워 역한 냄새가 났다. 펄롱은 아일린에게 들은 이야기, 이발사 아들인 전기기술자 청년이 암 진단을 받았고 살날이 얼마 남지 않았다는 말을 생각했다. 그때 남자들이 잡담을 시작했는데 애들이 있었기 때문에 상스러운 농담을 다른 말로 슬쩍 위장해 주고받았다.

펄롱은 대화에 끼지 않고 거리를 두면서 다른 생각을 했고 상상에 빠졌다. 그러다가 다른 손님들이 더 왔고, 긴 의자에서 옆으로 이동한 펄롱은 거울 앞에 앉아 거울에 비친 자기 모습을 똑바로 보며 네드와 닮은 데가 있는지 찾았다. 닮은 데가 보이기도 하고 안 보이기도 했다. 어쩌면 윌슨네 집에 있던 여자가 둘이 친척이라고 여겨 닮았다고 착각한 것일 수도 있었다. 하지만 그럴 것 같진 않았고 펄롱은 어머니가 돌아가셨을 때 네드가 심히 힘들어했던 것, 어머니와 네드가 늘 같이 미사에 가고 같이 식사하고 밤늦은 시간까지 불가에서 이야기를 나누곤 했던 것을 생각하며 그게 무슨 의미일지 생각하지 않을 수가 없었다. 만약 그게 사실이라면, 펄롱으로 하여금 자기가 더 나은 혈통 출신이라고 생각하게 만들고서, 그 세월 내내 펄롱의 곁에서 변함없이 지켜보았던 네드의 행동이, 바로 나날의 은총이 아니었나. 펄롱의 구두를 닦아주고 구두끈을 매주고 첫 면도기를 사주고 면도하는 법을 가르쳐주었던 사람이다. 왜 가장 가까이 있는 게 가장 보기 어려운 걸까?

잠시 멈춰서 생각이 마음대로 돌아다니고 떠돌게 하니 마음이 홀가분해졌다. 한 해 일을 마치고 여기 앉아 차례를 기다리고 있는 게 싫지 않았다. 머리를 자르고 값을 치르고 밖으로 나왔을 때는 눈이 쌓여 있었고 인도 위에 먼저 간 사람과 뒤따라온 사람의 발자국이 양쪽으로 뚜렷하면서도 또 그다지 뚜렷하지 않게 남아 있었다.

찰스 스트리트에 있는 핸러핸 가게에 아일린에게 주려고 주문한 에나멜가죽 구두를 찾으러 들렀다. 구두는 따로 보관되어 있었다. 카운터 뒤에 있는 옷을 잘 차려입은 여자는 펄롱의 큰 고객 중 한 사람의 아내였는데, 펄롱을 손님으로 맞는 게 썩 달갑지 않아 보였으나 어쨌든 구두 상자를 꺼내 왔다.

"사이즈 6을 원하셨나요?"

"네, 6이요." 펄롱이 말했다.

"포장해 드릴까요?"

상점 주인은 구두를 나란히 놓고 티슈페이퍼로 덮고 구두 상자 뚜껑을 닫았다.

"네. 괜찮으시다면요." 펄롱이 말했다.

펄롱은 여자가 포장하는 것을 보았다. 셀로판테이프를 디스펜서에서 당기고 호랑가시나무 무늬 포장지 가장자리를 접고 포장된 상자를 비닐봉투에 담은 다음 펄롱에게 가격을 말했다.

값을 치르고 밖으로 나왔을 때는 사방이 어둑했고 펄롱은 집으로 가는 언덕길을 올라가고 싶은 마음이 굴뚝같았지만, 문 열린 튀김집에서 풍기는 뜨거운 기름 냄새를 맡고는 안으로 들어가 세븐업 한 캔을 사서 카운터에서 목마른 듯 마신 다음 다시 강가로 걸어 다리를 향해 갔다. 추위와 피로가 온몸을 덮쳐왔다. 눈이 여전히 소심하게 내리고 있었다. 하늘에서 내린 눈이 온 세상 위로 내려앉았다. 펄롱은 왜 편안하고 안전한 집으로 돌아가지 않았을까 생각했다. 아일린은 벌써 자정미사 준비를 하면서 펄롱이 어디 있을까 생각하고 있을 거였다. 그러나 펄롱의 하루는 지금 무언가 다른 것으로 채워지고 있었다.

다리를 건너며 흐르는 강물을 내려다보았다. 사람들 말이 배로강에 저주가 내려졌다고 했다. 자세한 건 다 잊어버렸지만 옛날에 어떤 수도사들이 강가에 수도원을 세우고 강 통행세를 부과할 권리를 얻은 일과 관련이 있었다. 시간이 흐르면서 수도사들이 점점 더 탐욕스러워져서 사람들이 들고일어나 수도사들을 마을에서 쫓아버렸다. 수도원장은 떠나면서 마을에 저주를 내렸다. 그래서 해마다 강이 더도 덜도 아니고 딱 세 사람의 목숨을 가져간다고 했다. 펄롱의 어머니도 그 말을 어느 정도는 믿어서, 펄롱에게 자기가 아는 가축상이 12월 마지막 날 트럭을 타고 가다가 트럭이 길에서 벗어나 목숨을 잃고 말았다고, 그게 그해의 세 번째 익사 사고였다고 했다. 어머니는 가끔 주근깨가 있는 튼튼한 팔로 펄롱을 안고 다른 팔로는 버터 교유기 손잡이를 돌렸다. 저녁에 네드와 같이 젖을 짤 때는 젖소 옆구리에 머리를 기대고 노래를 불러 젖이 잘 나오게 했다. 또 가끔 펄롱을 찰싹 때릴 때도 있었다. 펄롱이 대들거나 어른들 말에 끼어들거나 버터 그릇 뚜껑을 열어놓았다거나 하는 사소한 일 때문이었다.

펄롱은 불안한 걸음을 계속 옮겼다. 더블린 말씨의 여자아이가 빠져 죽고 싶으니 강으로 데려가 달라고 했고 자기가 거절했던 것을 생각했다. 그 일이 있고 나서 샛길로 들어갔다 길을 잃었던 것, 그날 저녁 안갯속에서 숫염소를 데리고 있던 기이한 노인이 엉겅퀴를 낫으로 베며 이 길이 어디든 가고 싶은 데로 데려가 줄 거라고 말했던 것을 떠올렸다.

강 건너에 도착한 펄롱은 계속 걸어 언덕을 올라갔다. 앞쪽 방에 붉고 탐스러운 포인세티아 장식이 있고 촛불이 켜져 있는 집들을 지나쳐 갔다. 늘 뒷문 쪽으로만 가서 한 번도 안을 들여다본 적이 없는 집들이었다. 어떤 집에서는 남자아이가 재킷을 입고 피아노 앞에 앉아 있고 그 옆에 멋지게 차려입은 여자가 목이 긴 잔을 들고 서서 연주를 듣고 있었다. 다른 집에서는 걱정스러운 표정의 남자가 책상에 앉아 뭔가 끼적이는데 마치 어려운 계산을 하는 듯, 장부의 숫자를 맞추는 듯 보였다. 또 다른 집에서는 조그만 남자아이가 목마를 타고 푹신한 모직 러그 위를 달리고 있었다. 세인트마거릿 학교 교복을 입고 벨벳 소파에 앉아 있는 여자아이를 보고 필롱은 왜 학교 가는 날도 아닌데 교복을 입었을까 생각했으나 합창단 연습을 하고 돌아왔을 수도 있겠다 싶었다.

필롱은 언덕을 계속 올라가 집 안에서 흘러나오는 불빛과 가로등 불빛이 닿지 않는 곳까지 갔다. 어둠과 적막 속에서 수녀원 바깥쪽을 따라 돌며 수녀원을 둘러보았다. 뒤쪽의 거대하고 높다란 담 꼭대기에도 깨진 유리가 박혀 있었다. 눈이 쌓였는데도 뾰족한 끝이 보였다. 내부는 보이지 않았고 검게 칠한 3층 유리창에는 쇠창살이 달려 있었다. 필롱은 사냥감을 노리며 배회하는 야행성 동물이 된 듯한 기분이었다. 무언가 흥분에 가까운 기운이 피를 타고 흘렀다. 모퉁이를 돌자 검은 고양이가 죽은 까마귀를 뜯으며 입술을 핥고 있었다. 고양이는 필롱을 보고 멈칫하더니 후다닥 울타리 속으로 달아났다.

한 바퀴 돌아 다시 정문이 나오자 필롱은 열린 문으로 들어가 진입로를 따라 올라갔다. 주목과 상록수, 열매 맺힌 호랑가시나무가 사람들 말대로 그림처럼 아름다웠다. 눈 위에는 반대쪽으로 향하는 발자국 한 줄만 흐릿하게 남아 있었다. 필롱은 아무도 마주치지 않고 현관 앞을 쉽게 통과했다. 박공벽으로 가서 석탄 광 문으로 돌아가자, 그 문을 열어야 한다는 생각이 희한하게 싹 사라졌다가, 곧바로 다시 돌아왔다. 필롱은 빗장을 당기고, 아이의 이름을 부르며 자기 이름을 말했다. 필롱은 이발소에 있을 때 상상했었다. 지금은 문이 잠겨 있을 거라고, 아니면 다행히도 아이가 그 안에 없을 거라고, 아니면, 만약 자기가 그렇게 한다면, 아이를 업고 가야 할지도 모르는데 그게 가능할지, 아니면 어떻게 할지, 정말 뭔가를 할 것인지, 진짜로 거기 갈 것인지 생각했다. 하지만 모든 게 필롱이 두려워하며 상상했던 그대로였다. 다만 아이가 이번에는 필롱의 외투를 순순히 받아 들었고 기꺼이 부축을 받고 밖으로 나왔다.

"나랑 같이 집으로 가자, 세라."

펄롱은 어렵지 않게 아이를 데리고 진입로를 따라 나와 언덕을 내려가 부잣집들을 지나 다리를 향해 갔다. 강을 건널 때 검게 흘러가는 흑맥주처럼 짙은 물에 다시 시선이 갔다. 배로강이 자기가 갈 길을 안다는 것, 너무나 쉽게 자기 고집대로 흘러 드넓은 바다로 자유롭게 간다는 사실이 부럽기도 했다. 외투가 없어서 추위가 더 선뜩했다. 펄롱은 자기보호 본능과 용기가 서로 싸우는 걸 느꼈고 다시 한번 아이를 사제관으로 데려갈까 하는 생각을 했다. 그렇지만 펄롱은 이미 여러 차례 머릿속으로 그곳에 가서 신부님을 만나는 상상을 해봤고 그들도 이미 다 안다는 결론을 내렸다. 미시즈 케호도 그렇게 말하지 않았나?

다 한통속이야.

가는 길에 오래전부터 알고 거래해 온 사람들을 마주쳤다. 대부분 반갑게 걸음을 멈추고 말을 걸었으나, 여자아이의 새카만 맨발을 보고 그 아이가 펄롱의 딸이 아니란 걸 알아차리자 태도가 바뀌었다. 몇몇은 멀찍이 돌아가거나 어색하게 혹은 예의 바르게 크리스마스 인사를 하고는 가버렸다. 목줄을 길게 묶어 테리어를 산책시키던 나이 지긋

117

한 부인은 대놓고 따졌다. 얘가 누구냐고, 세탁소 계집애 중 하나가 아니냐고 물었다. 한번은 조그만 남자아이가 세라의 발을 보고 웃으며 더럽다고 했고 아이의 아버지가 거칠게 손을 잡아당기며 조용히 하라고 했다. 전에 본 적 없는 낡은 옷을 입은 미스 케니가 걸음을 멈추더니 술 냄새를 풍기면서 세라를 당연히 펄롱의 딸이라고 생각했는지 눈이 오는데 왜 애를 신발도 없이 데리고 나왔냐고 묻고는 가버렸다. 길에서 만난 사람 누구도 세라에게 말을 걸거나 펄롱에게 어디로 데려가냐고 묻지 않았다. 펄롱은 말하거나 설명할 의무는 없다고 생각했으므로 최대한 상황을 넘기며 계속 갈 길을 갔다. 가슴속에 설렘과 함께, 아직 알 수는 없지만 반드시 맞닥뜨릴 것이 분명한 무언가에 대한 두려움이 솟았다.

시내 중심 크리스마스 전등이 켜진 곳이 가까워지자, 먼 길로 돌아가는 게 좋지 않을까 하는 생각이 들었으나, 펄롱은 용기를 내어 평소에 다니던 길로 계속 갔다. 그때 아이가 뭔가 달라지는 것 같더니, 곧 걸음을 멈추고 길에 토하기 시작했다.

"잘했다." 펄롱이 다독였다. "다 게워내. 속에 든 거 시원하게 비워."

광장에서 아이는 불이 켜진 구유 앞에 멈춰 쉬면서 넋나간 듯 쳐다보았다. 펄롱도 보았다. 요셉의 밝은 빛깔 옷, 무릎 꿇은 동정녀, 양 두 마리. 지난번에는 보이지 않았는데 그새 누군가가 동방박사와 아기 예수를 갖다 놓았다. 그런데 아이의 눈을 사로잡은 것은 당나귀였다. 아이는 손을 뻗어 당나귀를 쓰다듬고 귀에 쌓인 눈을 떨었다.

"귀여워요." 아이가 말했다.

"이제 거의 다 왔어." 펄롱이 기운을 돋웠다. "조금만 가면 집이야."

두 사람은 계속 걸었고 펄롱이 알거나 모르는 사람들을 더 마주쳤다. 문득 서로 돕지 않는다면 삶에 무슨 의미가 있나 하는 생각이 들었다. 그 나날을, 수십 년을, 평생을 단 한 번도 세상에 맞설 용기를 내보지 않고도 스스로를 기독교인이라고 부르고 거울 앞에서 자기 모습을 마주할 수 있나?

아이를 데리고 걸으면서 펄롱은 얼마나 몸이 가볍고 당당한 느낌이던지. 가슴속에 새롭고 새삼스럽고 뭔지 모를 기쁨이 솟았다. 펄롱의 가장 좋은 부분이 빛을 내며 밖으로 나오고 있는 것일 수도 있을까? 펄롱은 자신의 어떤 부분이, 그걸 뭐라고 부르든—거기 무슨 이름이 있나?—밖으로 마구 나오고 있다는 걸 알았다. 대가를 치르게 될 테지만, 그래도 변변찮은 삶에서 펄롱은 지금까지 단 한 번도 이와 견줄 만한 행복을 느껴본 적이 없었다. 갓난 딸들을 처음 품에 안고 우렁차고 고집스러운 울음을 들었을 때조차도.

펄롱은 미시즈 윌슨을, 그분이 날마다 보여준 친절을, 어떻게 펄롱을 가르치고 격려했는지를, 말이나 행동으로 하거나 하지 않은 사소한 것들을, 무얼 알았을지를 생각했다. 그것들이 한데 합해져서 하나의 삶을 이루었다. 미시즈 윌슨이 아니었다면 어머니는 결국 그곳에 가고 말았을 것이다. 더 옛날이었다면, 펄롱이 구하고 있는 이가 자기 어머니였을 수도 있었다. 이걸 구하는 것이라고 할 수 있다면. 펄롱이 어떻게 되었을지, 어떻게 살고 있을지는 아무도 모르는 일이었다.

최악의 상황은 이제 시작이라는 걸 펄롱은 알았다. 벌써

저 문 너머에서 기다리고 있는 고생길이 느껴졌다. 하지만 일어날 수 있는 최악의 일은 이미 지나갔다. 하지 않은 일, 할 수 있었는데 하지 않은 일—평생 지고 살아야 했을 일은 지나갔다. 지금부터 마주하게 될 고통은 어떤 것이든 지금 옆에 있는 이 아이가 이미 겪은 것, 어쩌면 앞으로도 겪어야 할 것에 비하면 아무것도 아니었다. 자기 집으로 가는 길을 맨발인 아이를 데리고 구두 상자를 들고 걸어 올라가는 펄롱의 가슴속에서는 두려움이 다른 모든 감정을 압도했으나, 그럼에도 펄롱은 순진한 마음으로 자기들은 어떻게든 해나가리라 기대했고 진심으로 그렇게 믿었다.

덧붙이는 말

이 소설은 실제 인물을 기반으로 하지 않은 허구입니다. 1996년에야 아일랜드의 마지막 막달레나 세탁소가 문을 닫았습니다. 이 시설에서 은폐·감금·강제 노역을 당한 여성과 아이가 얼마나 많은지는 알려지지 않았습니다. 적게 잡으면 만 명이고, 3만 명이 더 정확한 수치일 것입니다. 막달레나 세탁소의 기록은 대부분 파기되었거나 분실되었거나 접근 불가능합니다. 이곳에서 일한 여자와 아이들 가운데 노동의 정당한 대가를 받거나 노역을 인정받은 이는 거의 없었습니다. 많은 여자가 아기를 잃었습니다. 목숨을 잃은 사람도 있었습니다. 많은 이들이 제대로 된 삶을 누리지 못했습니다. 이곳 모자 보호소에서 죽거나 다른 곳으로 입양된 아기가 몇천 명이나 될지는 알 수 없습니다. 2021년 초모자 보호소 위원회 보고서에 따르면 조사 대상이었던 18개 시설에서만 9,000명의 아이들이 사망했습니다. 2014년 역사가 캐서린 콜리스는 골웨이 카운티에 있는 투엄 보호소에서 1925년에서 1961년 사이에 796명의 아기가 사망했다는 충격적인 사실을 공개했습니다. 이 시설은 가톨릭교회가 아일랜드 국가와 함께 운영하고 자금을 지원하는 곳이었습니다. 정부에서는 막달레나 세탁소에 대해 아무런 사죄의 뜻도 표명하지 않다가, 2013년이 되어서야 엔다 케니 총리가 사과문을 발표했습니다.

감사의 글

아오스다나와 예술 위원회, 웩스퍼드 카운티 의회, 작가 협회, 하인리히 뵐 협회, 더블린 트리니티 칼리지에 감사하고 싶습니다.

또 캐스린 베어드, 펄리시티 블런트, 앨릭스 볼러, 티나 캘러핸, 메리 클레이턴, 이언 크리츨리, 이타 데일리, 노린 두디 박사, 그레인 도런, 모건 엔트리킨, 리엄 할핀, 마거릿 헌팅턴, 클레어와 짐 키건, 샐리 케오, 로레타 킨셀라, 이타 레넌, 니얼 맥모나글, 마이클 매카시, 퍼트리샤 매카시, 메리 매케이, 헬렌 맥골드릭, 오언 맥너미, 제임스 미니, 소피아 니 시언, 클레어 노지어스, 재클린 오딘, 스티븐 페이지, 로지 피어스, 실라 퍼디, 케이티 레이시언, 조지핀 살버다, 클레어 심프슨, 제니퍼 스미스, 애나 스테인, 더블라 티어니, 서빈 웨스피저에게 감사합니다.

그리고 오랫동안 나에게 너무나 많은 것을 가르쳐준 학생들에게 감사의 마음을 전합니다.

옮긴이의 글

"10월에 나무가 누레졌다. 그때 시계를 한 시간 뒤로 돌렸고 11월의 바람이 길게 불어와 잎을 뜯어내 나무를 벌거 벗겼다. 뉴로스 타운 굴뚝에서 흘러나온 연기는 가라앉아 북슬한 끈처럼 길게 흘러가다가 부두를 따라 흩어졌고, 곧 흑맥주처럼 검은 배로강이 빗물에 몸이 불었다."

이 소설의 첫 문단이다. 첫 문단을 어떻게 번역해야 할지에 대해 클레어 키건은 이런 조언을 해주었다.

"'헐벗다', '벗기다', '가라앉다', '북슬북슬하다', '끈', '흑맥주', '붇다' 등의 단어를 써서 임신하고 물에 뛰어들어 죽은 여자를 암시하고자 했고 가능하다면 그런 뉘앙스가 번역문에도 유지되었으면 좋겠습니다. 소설가 존 맥가헌은 좋은 글은 전부 암시이고 나쁜 글은 전부 진술이라고 말하곤 했습니다. 이 책을 처음 읽는 독자가 물에 빠져 죽은 시신의 암시를 의식하리라고 기대하지는 않지만, 저는 좋은 이야기의 기준 가운데 하나는 독자가 이야기를 다 읽고 첫 장으로 다시 돌아왔을 때, 도입 부분이 전체 서사의 일부로 느껴지고 이 부분에서 느껴지는 감정이 그 뒤에 이어질 내용의 특징을 잘 드러낸다고 느낄 수 있어야 한다는 점이라고 생각합니다. 이 이야기도 그랬으면 좋겠습니다. 독자가 처음에는 뚜렷이 보이지 않는 것일지라도 도입 부분에서 어떤 것을 느끼기를 바랍니다. 전체 이야기를 알고 나면 첫 문단이 적절하게 느껴지고 이어질 이야기를 암시한다고 생각될 것입니다. 저는 두 번 읽어서 결말 부분이 앞으로 밀려와 다시 서사가 한 바퀴 돌아가기 전에는 이야기를 다 읽었다고 느끼지 않습니다."

이 밖에도 여러 주문과 설명을 담은 저자의 긴 메일을 이 책 번역을 시작할 때 출판사를 통해 전달받았다. 저자가 번역에 신경을 쓰고 세심하게 도움을 주려 하는 것이 무척 고마웠다. 그런 한편 이 짧은 소설에서 저자가 말하고 싶지만 말하지 않은 것이 얼마나 많은지, 드러내지 않고 암시하고자 한 부분이 얼마나 큰지 알게 되었고 빙산의 일각 같은 이 글을 과연 어떻게 옮겨야 할지 난감했다. 이 짧은 소설은 차라리 시였고, 언어의 구조는 눈 결정처럼 섬세했다. 잘못 건드리면 무너지고 녹아내릴 것 같았다. 클레어 키건은 무수한 의미를 압축해 언어의 표면 안으로 감추고 말할 듯 말 듯 조심스레 이야기한다. 명시적으로 말하지 않고 미묘하게 암시한다. 두 번 읽어야 알 수 있는 것들, 아니 세 번, 네 번 읽었을 때야 눈에 들어온 것들도 있었다. 그렇지만 번역을 하기 위해 이 책을 무수히 읽으면서 내가 알게 된 것을 번역에 설명하듯 담지는 않으려고 애썼다. 그랬다가는 클레어 키건이 의도한 대로 삼가고 억누름으로써 깊은 진동과 은근한 여운을 남기는 글이 되지 못할 터였다. 그래서 독자들도 이 책은 천천히, 가능하다면 두 번 읽었으면 좋겠다. 그러면 얼핏 보아서는 보이지 않는 것들을 볼 수 있을 것이다. 그랬으면 좋겠다.

이 책에 담긴 이야기도, 어쩌면 이렇듯 "말이나 행동으로 하거나 하지 않은 사소한 것들"(120쪽)의 이야기이다. 겉으로는 잘 보이지 않지만 분명 있는 무언가의 존재를 바라보는 이야기이다. 소설의 언어가 정교하고 조심스러운 구조물인 것처럼 소설 속에 묘사된 세계도 평화로운 듯 보이지만 위태롭다. 1985년 아일랜드 작은 도시에 사는 빌 펄롱 같은 사람들은 "계속 버티고 조용히 엎드려 지내면서 사람들과 척지지 않고"(24쪽) 살아야지, 함부로 움직였다가는 "모든 걸 다 잃는 일이 너무나 쉽게 일어난다"(22쪽). 하루 벌어 하루를 버틸 수 있으면 다행이고, 조금이라도 남겨서 앞날의 재앙에 대비할 수 있으면 기적이다. 다른 사람에게 동전 한 닢, 마음 한 켠이라도 내주는 것도 사치인지 모른다.

이 소설에 나오는 막달레나 세탁소는 18세기부터 20세기 말까지 가톨릭교회에서 운영하고 아일랜드 정부에서 지원한 같은 이름과 명분의 여러 시설 가운데 하나다. '타락한 여성'들을 수용한다는 명분으로 설립했으나, 성매매 여성, 혼외 임신을 한 여성, 고아, 학대 피해자, 정신이상자, 성적으로 방종하다는 평판이 있는 여성, 심지어 외모가 아름다워서 남자들을 타락시킬 위험이 있는 젊은 여성까지 마구잡이로 이곳에 수용했고 교회의 묵인하에 착취했다. 동네 사람들은 세탁소의 실체에 대해 짐작하면서도 입을 다물고 높은 담 안에서 저질러지는 학대에서 눈을 돌린다. 소설의 중심인물인 빌 펄롱의 내면에도 차마 하지 못한 사소한 일들, 쉽사리 입 밖에 내지 못한 모호한 말들이 꽉 차서 목구멍으로 차오르는 지경이다. 수녀원으로 대표되는 세상은 너무 크고, 그 안의 어떤 존재들은 너무 작기 때문에. 어쩌면 자기가 너무 작은 존재라 자신을 드러내지 못하고 펄롱에게 뒤에서 작고 소박한 사랑밖에 줄 수 없었던 네드처럼. 겉으로 드러난 것은 보잘 것 없지만, 화려하거나 열렬하거나 명확한 것은 아무것도 없었지만, 그 안에 숨겨져 있는 것은 헤아리기 어려울 만큼 클 수 있다는 것을, 클레어 키건의 조용한 글이 낮은 소리로 들려준다. 춥고 어두운 겨울밤에 따스한 슬픔의 불빛이, 켜진다.

옮긴이 홍한별

글을 읽고 쓰고 옮기면서 살려고 한다. 옮긴 책으로 『클라라와 태양』 『밀크맨』 『신경 좀 꺼줄래』 『도시를 걷는 여자들』 『깨어 있는 숲속의 공주』 『달빛 마신 소녀』 『나는 가해자의 엄마입니다』 등이 있다. 『밀크맨』으로 제14회 유영번역상을 수상했다. 지은 책으로 『아무튼, 사전』 『우리는 아름답게 어긋나지』(공저) 등이 있다.

이처럼 사소한 것들

초판 1쇄 발행 2023년 11월 27일
초판 61쇄 발행 2024년 5월 31일

지은이 클레어 키건
옮긴이 홍한별
펴낸이 김선식

부사장 김은영
콘텐츠사업본부장 임보윤
책임편집 이한나 **디자인** 권예진 **책임마케터** 이고은
콘텐츠사업3팀장 이승환 **콘텐츠사업3팀** 김한솔, 권예진, 이한나
마케팅본부장 권장규 **마케팅2팀** 이고은, 배한진, 양지환 **채널2팀** 권오권
미디어홍보본부장 정명찬 **브랜드관리팀** 안지혜, 오수미, 김은지, 이소영
뉴미디어팀 김민정, 이지은, 홍수경, 서가을
크리에이티브팀 임유나, 박지수, 변승주, 김화정, 장세진, 박장미, 박주현
지식교양팀 이수인, 염아라, 석찬미, 김혜원, 백지은
편집관리팀 조세현, 김호주, 백설희 **저작권팀** 한승빈, 이슬, 윤제희
재무관리팀 하미선, 윤이경, 김재경, 이보람, 임혜정
인사총무팀 강미숙, 지석배, 김혜진, 황종원
제작관리팀 이소현, 김소영, 김진경, 최완규, 이지우, 박예찬
물류관리팀 김형기, 김선민, 주정훈, 김선진, 한유현, 전태연, 양문현, 이민운

펴낸곳 다산북스 **출판등록** 2005년 12월 23일 제313-2005-00277호
주소 경기도 파주시 회동길 490
전화 02-704-1724 **팩스** 02-703-2219 **이메일** dasanbooks@dasanbooks.com
홈페이지 www.dasan.group **블로그** blog.naver.com/dasan_books
종이 IPP **인쇄** 상지사피앤비 **후가공** 제이오엘앤피 **제본** 국일문화사

ISBN 979-11-306-4638-1 (03840)

다산북스(DASANBOOKS)는 독자 여러분의 책에 관한 아이디어와 원고 투고를 기쁜 마음으로 기다리고 있습니다.
책 출간을 원하는 아이디어가 있으신 분은 이메일 dasanbodasanbooks.com 또는 다산북스 홈페이지
'투고 원고'란으로 간단한 개요와 취지, 연락처 등을 보내 주세요. 머뭇거리지 말고 문을 두드리세요.